中公新書 2156

工藤重矩著

源氏物語の結婚

平安朝の婚姻制度と恋愛譚

中央公論新社刊

はじめに

平安時代の結婚といえば、古典や日本史の授業を思い浮かべて、「一夫多妻制」「婿取り婚」「通い婚」「三日夜《みかよ》の餅《もち》」などの言葉が連想されることであろう。その三日夜の餅に関しては『源氏物語』に印象深い場面がある。

正妻葵《あおい》の上《うえ》の喪《も》があけて、源氏は左大臣邸から二条院《にじょうのいん》にもどった。しばらく見ないうちに若紫《わかむらさき》（紫の上）はすっかり大人びていた。幾日か過ぎたある日、男君は早く起き、女君は起きてこない朝があった。こうして源氏と若紫の男女関係が始まった。三日夜の餅は源氏の側近惟光《これみつ》が用意した。惟光は餅を入れた香壺《こうご》の箱を持参し、弁《べん》という若い女房を呼び出し、「人目につかぬよう差し上げてください」といってその箱を渡した。弁はそれが三日夜の餅だとは気づかぬままに二人のもとに届ける。翌朝、その箱を下げるとき、若紫の身近に仕えている女房たちだけは、二人が三日夜の餅を食べたのだと気づいた——。

若紫と源氏の関係を考えようとするとき、葵巻《あおいのまき》に描かれているこの新枕《にいまくら》と三日夜の餅の場面は重い意味をもっている。光源氏はなぜ三日夜の餅を密かに用意させたのだろうか。そこに源氏と若紫との関係のあり方が象徴されているのだが、その説明は本文に譲るとして、おそらく平安時代の読者は、この場面から若紫が置かれた危うい立場を読み取って、若紫の容易ならぬ行く末の予感に胸を痛めたことであろう。

三日夜の餅は正式な結婚を意味するはずなのに、どうして当時の読者がそう思うのか。そのことを理解するには、平安時代の婚姻制度をはじめとする男女関係のあり方を知る必要がある。紫式部の時代の人々には常識だったことが、今の我々にはわからなくなっていることが多いからである。

実は、「一夫多妻制」という用語に代表される従来の婚姻制度についての理解は、妻（嫡《ちゃく》妻《さい》・正妻）とそれ以外の女性とを区別せず、妻以外の非同居の女性との男女関係（婚姻関係ではない）の持ち方を平安貴族一般の婚姻形態と見なすという誤りをおかしている。第一章で詳しく説明するが、平安時代の婚姻制度は一夫一妻制であった。

正式に結婚した妻とそれ以外の女性たちとの間には、妻としての立場、社会的待遇等において大きな差があった。夫婦は同居し、妻以外の女性とは同居しないのが原則である。それゆえ、妻ではない女性には、男の訪れを待つ以外に男と逢《あ》う手段がない。男とその「通い」を待つ女との男女関係を「通い婚」というのは、婚姻制度の面からは不適切な用語であり、もとより平安時代の一般的夫婦の婚姻形態でもない。そうして、そのような妻以外の女性たちと男との関係が、恋愛物語や日記文学の主たる対象になっているのである。

三日夜の餅について、一夫多妻制の考えではその儀式を正式な結婚のしるしとして重視している。たしかに、三日夜の餅や露顕《ところあらわし》等の婚姻にともなう儀式は、正式な結婚には付随するものだが、逆に三日夜の餅を食べたからといって正式な結婚だとはいえない。現在でも正式な結婚には披露宴に類する儀式をともなうことが多いが、披露の宴《うたげ》をしたからといってそれで法的な結婚になるわけではない。三日夜の餅や露顕はそれと類似の儀式である。

ところで、今まで幾度か「正式な結婚」という言い方をしてきたが、では何をもって「正式」といえるのだろうか。筆者はそれを、三日夜の餅とか露顕とかの儀式ではなくて、法的な側面から規定すべきだと考えている。

平安時代、結婚成立の条件は律令《りつりょう》（平安時代は養老《ようろう》律令が用いられていた）の中の戸令《こりょう》（戸籍・相続等の法令）に定められている。そこには婚姻許可の年齢、婚主《こんしゅ》（保証人）のこと、婚約・婚姻解消の条件、棄妻《きさい》の条件、その手続き等々が規定されている。また罰則規定である戸婚律《ここんりつ》には、重婚を犯せば男は懲役一年、女は杖刑《じょうけい》一百とも定められていた。それゆえ、法的に妻として扱われるのは一人のみであった。

平安貴族は、藤原道長《ふじわらのみちなが》における明子や藤原兼家《かねいえ》における道綱《みちつな》の母のように、妻以外にも他の女性と継続的な関係をもつことがあり、従来はそれらをも等しく妻と見なして一夫多妻制と考えてきた。しかし、律令的な意味での妻とそれ以外の女性たちとの間には社会的待遇に明確な区別があり、とくにその子の扱いには、昇進速度や結婚相手等に大きな差があった。

それゆえ、その女性が妻なのか、そうでないのか、その子が妻の子（嫡子）か、妻以外から生まれた子（庶子）か、その違いがきわめて重要なのである。

そのような婚姻制度を背景として、作者紫式部は、紫の上をはじめとする女性たちと光源氏との結婚・男女関係を綿密に設定している。

紫の上についていえば、恋愛物語としての『源氏物語』は、正妻葵の上の死後、再婚候補者は幾人か出現するけれども、誰とも正式な再婚をしようとしない源氏の愛に守られて、親の庇護《ひご》もなく、正妻でもなく、子も生まなかった紫の上が、ついには正妻に等しい社会的待遇と幸福とをつかむに至る物語（藤裏葉《ふじのうらば》巻まで）として構想された。

ところが、好評のゆえか、第二部（若菜《わかな》上巻～幻《まぼろし》巻）が構想され、その始発にあたる若菜上巻で、光源氏は女三宮《おんなさんのみや》と再婚し、女三宮が正妻となった。この事態に、紫の上はこれまで自分の立場を誤解していたと思い知らされ、病になるほどに深く傷つくが、正妻女三宮は柏木《かしわぎ》との密通により出家して、紫の上はふたたび源氏のただ一人の連れあい・パートナーとしての地位を回復し、源氏の痛切な悲しみのなかにこの世を去る。これが第二部の基本構想である。

婚姻の側面から見れば、紫の上を正妻と設定しないことによって、『源氏物語』は紫の上と源氏の愛の物語になり得ている。それを図に描けば次のようになる（図1参照）。

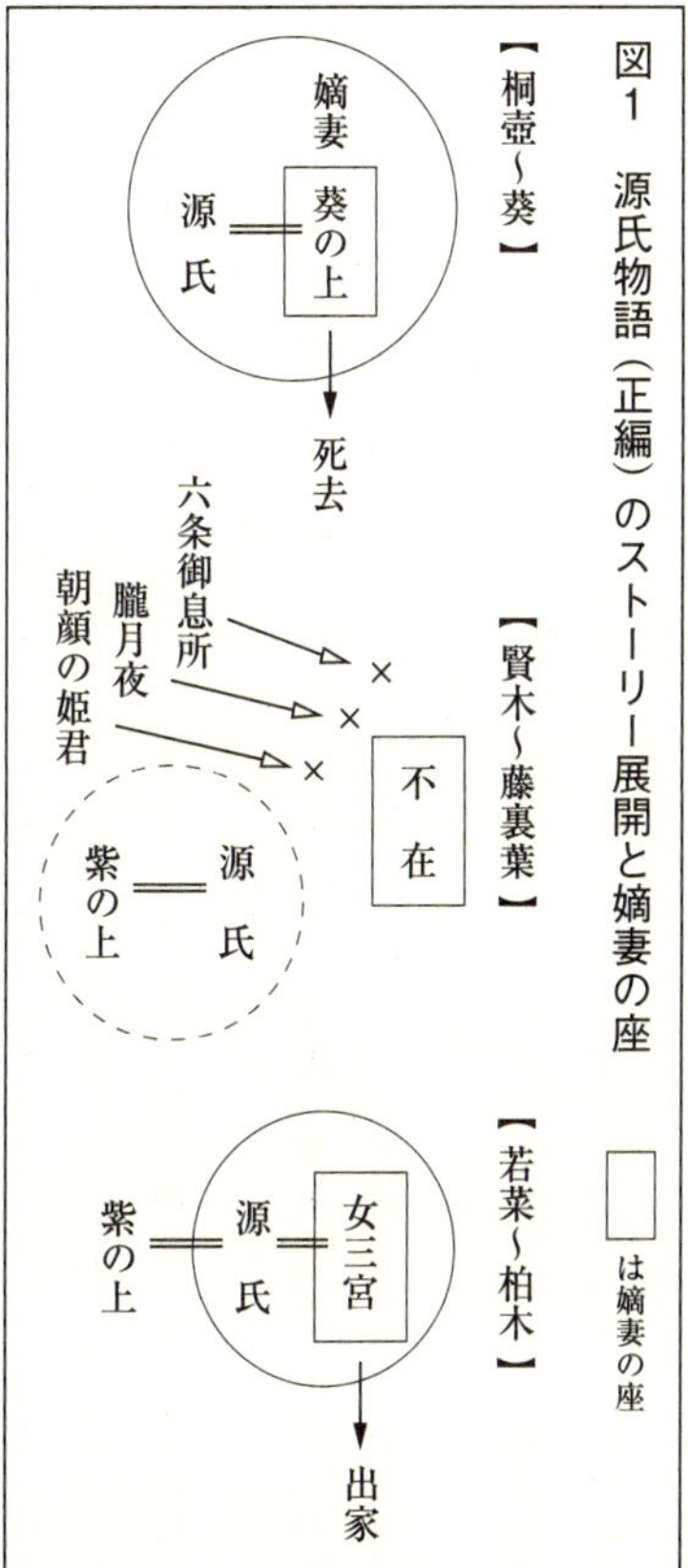

図1　源氏物語（正編）のストーリー展開と嫡妻の座

恋愛物語としての『源氏物語』は、「妻（嫡妻・正妻）」の座がストーリー展開の要《かなめ》になっているのである。紫の上は源氏の連れあいとしてどのような立場であったのか。紫式部は、紫の上の立場をどのように設定して、この物語を構想したか。それが、『源氏物語』理解の要点であり、それによって初めて紫の上をはじめ『源氏物語』の女性たちの哀《かな》しみ苦しみの隈々《くまぐま》までも、紫式部の時代に即して深く読むことができる。

本書では、婚姻制度を通して『源氏物語』の構想と男女関係における人物設定のされ方を明らかにしようと思っている。その出発点として、まず第一章では平安時代の婚姻制度が一夫一妻制であったことについて説明する。

なお、人名のよみ方は、一般的なそれに従ったが、女性名については決定できない場合が多いので、振り仮名を付さなかった。また、引用本文のよみは歴史的仮名遣いによったが、漢字音については現代仮名遣いとした。

源氏物語の結婚

目　次

源氏物語の結婚

平安朝の婚姻制度と恋愛譚

第一章　平安時代の婚姻制度――『源氏物語』理解のために

1　婚姻法の規定

平安時代の婚姻制度の概要

婚姻制度の面から『源氏物語』の男女関係を説明するためには、用語を定義しておく必要がある。それで、平安時代の婚姻制度の概要を説明する前に、本書での「妻」「つま」等の用語の使用の原則を記しておきたい。他の語は本文中で適宜説明する。

○本書で「妻」と漢字表記する場合は、すべて嫡妻・正妻の意味であり、法的な妻を指す。「嫡妻」は律令関係書に見える用語。「正妻」は近代になって用いられ始めた、法的配偶者を指す語。本書では一般的な記述では「正妻」を用い、律令関係の記述には「嫡妻」を用いるが、意味するところは同じ。適宜に「嫡妻（正妻）」等も用いる。
○本書で「つま」と平仮名書きする場合は、妻（法的配偶者）を含めて夫婦的関係にある者を指す。例えば、紫の上のつまとしての立場は「妾《しょう》」（律令用語である）である、というように。もともと「つま」という言葉は、男女をとわず「連れあい」「パートナー」を意味する古語。本書では「つま（連れあい）」と書くこともあるが、意味するところは同じ。

平安時代の婚姻制度は、法的に妻として扱われるのは一人のみという意味で一夫一妻制である。したがって、結婚ということを厳密にいえば「妻」との関係のみを指すべきであるが、同時に「妾」と称される女性の存在も世間的には容認されていた。ただし、妾はあくまでも妾であって妻ではない。だが、継嗣《けいし》や遺財処分等に関して妾及びその子の存在を認めた運用規定が存在していた。それで、平安貴族の婚姻状況の実態としては一夫一妻多妾ともいうべき状態であった。ここにいう一夫一妻多妾とは、法的な妻は一人だが、妾がいても世間的には容認されるという意味であり、妾が必ずいるとか、多くいるとかの意ではない。

結婚の順序にかかわらず、初めから妻は妻として結婚し、妻以外の者はそのような立場の者として関係をもった。妻とそれ以外の女性との待遇の差は歴然としていた。妻は離婚されないかぎり、子の有無や夫の愛情いかんによってその座が左右されることはない。また離婚しないまま妻が妾に落とされたり、妾が妻に昇格したりすることもない。

妻以外の女性のうち、律令用語で妾と称される女性は、非法的、いわゆる内縁的夫婦関係にある女性だが、日常的には「め」とも「思ひ人」「通ひ所」ともいわれ、やわらげて「妾妻」とも表記される。あの女性は誰それの妾だと広く世間が認識しているという意味で、いちおう社会的に認められた存在である。例えば、『蜻蛉《かげろう》日記』の作者である藤原道綱の母などはこの立場である。

男女関係としては、妾の他にも、愛人（この用語は平安時代の用語ではないが、妾ほどの継続性がなく、一時的な男女関係を仮に愛人と称しておく）・召人《めしうど》（主従関係の中に生じた男女関係で、いわゆるお手つきの女房。これは平安時代の用語）等がある。ただし、愛人や召人は広い意味でも「つま」の範囲ではない。男の興味がなくなればそれで終わりという関係である。とくに召人はあくまでも使用人であって、恋人の数にもはいらない。この他にも、行きずり、密通等々、男女関係のさまざまは、いつの時代でも同じである。

平安時代は結婚も離婚もきわめて容易であったと思われがちだが、それはたんなる男女関係と正式な結婚とを混同した誤った理解である。貴族社会においては、親同士が決める正式な結婚は家と家との関係になるので、離婚はきわめて困難だった。妾・愛人などは非法的関係だから、男の心しだいなのである。もともと法的に「結婚」したのではないから、男が訪れなくなればそれで関係は終わる。それは「離婚」ではなく、ただ二人の関係が終わったにすぎない。

法的にはただ一人の妻（正妻）がいて、男が他の多くの女性のもとに通っていたとしても、それは妻ではなく、それらは非法的な関係で、男のあるいは女の愛情等のままに始まり終わる関係である。このような婚姻状況は、倫理的規制の強弱の差はあるが、法的規制の枠組みとしては今現在の制度と基本的に同じである。

なお、「一夫一妻制」という用語について補足すれば、戸令を有名無実として無視してきた従来の一夫多妻制説とははっきり区別し、法的には妻は一人であること、妻と妾・召人・愛人等々との社会的待遇の差が歴然としていること等を明確にするために、「一夫一妻制」という用語を用いたのである。平安貴族社会の実態に即した言い方をすれば、一夫一妻多妾の状態といってもよいであろう。筆者は以前に「一夫一妻多妾制」とも称し、それが他の研究者によって使用されてもいるが、妾のことは法的婚姻制度とはいえないので、近年は制度の呼称としては「一夫一妻制」を用い、状態を表す語として「制」を付けない「一夫一妻多妾」を用いることもある。

戸令の規定

平安時代の婚姻制度の法的側面を簡単に説明する。

律令で妻として扱われるのは一人のみであり、その一人がどのようにして決まるかといえば、それは法に則《のっと》った手続きを経た結婚か否かにあった。平安時代に施行されていたのは養老律令であるが、その婚姻に関する戸令の規定は以下のとおり。

(1)結婚が許される年齢は、男十五歳、女十三歳。（この年齢を目安に元服・裳着《もぎ》が行われた。現在の民法でも二歳の差があるのは、この名残であろうか。）

(2)結婚には婚主の承諾が必要。婚主とは保護者・保証人に相当する立場の者で、婚主となり得るのは、祖父母・父母から父方の従兄弟《いとこ》に至るまで優先順位が定められている。これに該当する親族がいない場合は、女は自由に婚主を指名できる。（媒人《ばいにん》すなわち仲人《なこうど》がまずこの婚主に話を持っていくところから正式な結婚話は始まる。）

(3)婚約成立後、理由なく三ヶ月経《た》っても婚姻を実行しない場合、あるいは男が逃亡して一ヶ月経っても帰らない場合、あるいは他国に使いとして出たまま消息不明になって一年経っても帰らない場合、あるいは懲役刑以上に処せられた場合、これらの場合は女から婚約解消を求めることができる。

(4)夫が他国で消息不明になり帰らないとき、子がいれば五年、子がいなければ三年待っても帰還しない場合、あるいは夫が逃亡して帰らないとき、子がいれば三年、子がいなければ二年待ってももどらない場合、女は婚姻を解消して再婚することができる。(『伊《い》勢《せ》物語』二十四段に、夫が都に稼ぎに出て、消息のないまま三年経ち、親切に言い寄る男と新枕したちょうどその夜、夫がもどってきて……という話があるが、その「三年」という年数にはこの条文が意識されているのだと指摘されている。なお、現在の民法では失踪《しっそう》して七年で死亡したと見なされ、再婚することができる。)

(5)たとえ合意の上であっても、結婚前に男女が通じていたら、仮に罰は赦《ゆる》されても、結婚は解消させられる。

(6)妻を棄妻(離縁)するには、次の七つの条件のいずれかに該当していなければならない。一に、男児が生まれない。二に、姦通《かんつう》した。三に、舅姑《きゅうこ》(夫の両親)に仕えない。四に、多言(夫の仕事に口出しすること、あるいは人を罪に陥れるような類のおしゃべり)。五に、盗み。六に、嫉妬《しっと》。七に、悪疾《あくしつ》。棄妻する場合は、夫が自書し尊属近親がともに署名する。ただし、妻が夫の親の葬式に経済的援助をした(棄妻の条件の三に対応している)、あるいは結婚したときは男の位が低く後に高位になった(糟糠《そうこう》の妻は堂より下《くだ》すなかれ、という趣旨)、あるいは棄妻された妻を引き取るべき親族がいない場合は棄妻することができない。だが、義絶（親に対する傷害等による強制離婚）、姦通、悪疾についてては無条件に棄妻できる。

(7)棄妻の手続きには、祖父母・父母の許可が必要だが、いなければ夫の自らの意志により可能である。妻が持参した財産・婢《ひ》（使用人）等は妻に還《かえ》す。（結婚前の妻の財産は妻に所属するという扱いは、現在の民法でも同じ。）

(8)婚姻・棄妻を成立させるには、必ず婚主の許可を得ることが必要。ただし、婚主は、事後に知った場合、三ヶ月以内に婚姻・棄妻の無効を訴えなければ、その後に訴え出ることはできない。

この他にも、平安前期に編纂《へんさん》された、律令の解釈集成である『令集解《りょうのしゅうげ》』戸令の前記(2)の条には媒人（仲人）を用いることが見えている。

また、婚姻関係の罰則規定である戸婚律には、重婚を犯せば、男は徒《ず》（懲役）一年、女は杖刑一百と定められていたことが、『万葉集』巻十八に引用されている戸婚律の文章からわかっている。重婚は禁じられていたのである。

したがって、律令的（法的）には「妻」と呼べるのは一人だけということになる。これが「妻」とそれ以外の女性たち（たんに男女関係があるだけの女性たち）との区別の根本である。

戸令の規定は守られていたか

一読して、婚前交渉の禁止とか、棄妻の条件とか、本当に守られていたのだろうかと疑いたくなる内容もあり、日本史・法制史等の歴史学界では〈守られていなかった〉というのが通説である。ただ、法律、とくに民法は今でもそうだが、守らなかったからといって直ちに罰せられるとはかぎらない。結婚年齢にしても、いま男十八歳・女十六歳未満で夫婦生活を始めても、婚姻届は受け付けてもらえないが、そのことだけで罰せられることはない。平安時代も摂関《せっかん》時代になると、上流貴族の結婚年齢が下がってくる。それが戸令との関係で法的にどのように処理されていたのか、難しいところだが、究明しなければならない課題である。

婚前交渉の禁止も、婚主（保護者）が訴えなければ、なかったこととして見過ごされるにちがいない。例えば、藤原師輔《もろすけ》（九〇八～九六〇）は康子内親王の保護者である村上《むらかみ》天皇の知らぬまに内親王と関係をもつが、天皇は知った後も事を荒立てていない。『源氏物語』では、髭黒《ひげくろ》大将が玉鬘《たまかずら》に対して保護者光源氏の知らぬまに関係をもつ。そのことを知った源氏は「今さら反対して許さないとの気色《けしき》を見せても、玉鬘が気の毒だ」と思って、渋々ながら二人の仲を認める。光源氏でなくても、通常の親ならこのような対応になるであろう。それでも、光源氏が許さないとの態度をとろうとすれば、その法的根拠はあったわけである。

棄妻についても、その条件に該当したら棄妻しなければならない、ということではない。そのことは『令集解』に引用されている古記《こき》（大宝令《たいほうりょう》の注釈。天平《てんぴょう》十年〔七三八〕頃の成立）に、「棄妻の状況があっても棄妻しなかったら、夫は罪を問われるか否か」という質問に、「問われない。棄妻しないでも許される」と答えた法解釈の問答が見えている。男児が生まれない場合でも、棄妻せずに養子を取る（養子を取ることは律令で認められている）のが普通である。藤原頼通《よりみち》の正妻隆姫も男児がいなかったが、頼通は棄妻せずに養子を取っている。

法制史の専門書の中には、平安後期から室町時代にかけても依然として一夫多妻の慣習があったと述べ、「平安時代のお公卿さんの物語りなんかをみますると、三人くらいの妻をもっている例はいくらも出てまいります」（石井良助『日本婚姻法史』）と書いているものもある。これは『源氏物語』等を念頭に置いているのだろうが、婚姻法史の論述の根拠に虚構である物語が用いられている。一夫多妻制説が通説化するなかで、資料価値についての判断の甘さが法制史研究にも及んでいたのであろう。そうして、その法制史研究がまた婚姻史研究の支えになるという悪循環をもたらしているのである。

重婚禁止は守られていたか

従来の説明では、妻とほとんど等しい妾をもつことには何の制限もなかったので、平安時代の貴族は正妻とも側室とも区別のつかない女を二、三人もっていた、だから戸婚律の重婚禁止は実質上有名無実であった、といわれ、また多妻の論拠として九条《くじょう》（藤原）兼実《かねざね》（一一四九～一二〇七）の日記『玉葉《ぎょくよう》』承安《じょうあん》五年（一一七五）六月十三日の、「嫡妻」「本妻」「妾妻」の喪について明法博士中原基広《みょうぼうはかせなかはらのもとひろ》に尋ねている条が挙げられることがある。

だが、右のような理解には大きな疑問がある。

一つは、本当に妾は妻とほとんど等しい存在か、大きな差があるのではないか、「正妻とも側室とも区別のつかない」といわれているが、当時の人々には明確に区別がついていたのではないか、むしろ我々が明確な区別に目をつむっていたのではないか、ということ。

二つには、『玉葉』の記事は多妻の根拠となし得るか、ということ。

第一点については追々《おいおい》に述べるとして、ここでは第二点に関連してまず『玉葉』の記事の解釈を行い、『玉葉』の記事は多妻の根拠ではなくて、むしろ一妻制説の根拠となし得ることを説明しよう。

九条兼実は明法博士中原基広に次のような質問をしている。

仮令《もし》、人に妻三人有り〔嫡妻、本妻、妾妻〕、其《そ》の嫡妻と本妻は年序を歴《へ》て一子無く、妾妻、今に嫁娶《かしゅ》を為《な》して子有り。而《しか》して其の妻等亡ずれば、其の夫、何《いか》なる忌《い》みぞや。

(訳) 仮に、ある人に妻が三人いて〔それを嫡妻、本妻、妾妻とする〕、その嫡妻と本妻は何年経っても一子も生まれず、妾妻を新しく娶《めと》って子が生まれた、とする。それで、その妻等が死んだならば、その夫はどのような忌みになるか。

「本妻」は本《もと》の妻、すなわち別れた元の妻の意。「本妻」の語は本からの妻の意で用いることもあるが、この記事の場合は別に嫡妻がいるので、本からいる嫡妻ではない。「本」は「今」の反対概念。今(新)に対する古旧を意味する。近代の用法では法的配偶者を本妻ということがあるが、平安時代の用法とは異なっているので注意が必要。「妾妻」は法的にはたんに「妾」とのみあるべきで、妻の字を付けるのは一種のやわらげである。

この質問に明法博士中原基広は次のように答申している。明法博士は大学の明法道(法学コース)の教官。

嫡妻は、縦《たと》ひ一子をも生まずといへども、亡ずれば、その服を為《な》すべし。その後、数子の母、亡ずといへども、その服を為さず。是《こ》れ則《すなは》ち、夫は再びは妻の服に著《つ》かざる故《ゆゑ》なり。

(訳) 嫡妻に対しては、たとえ一子も生まなくても、死んだら、その喪に服さなければなりません。その後、数人の子を生んだ母親（妾妻）が死んだとしても、その喪に服することはありません。これは、夫は二度は妻の喪に服することをしないからです。

この問答でわかることは、夫は嫡妻（正妻）に対しては子の有無にかかわらず服喪するが、本妻・妾妻に対しては子の有無にかかわらず服喪しないということ、つまり「妻」扱いされるのは一人だけということである。

要するに、夫が喪に服すのは嫡妻（正妻）に対してだけであって、元の妻や妾のためには服喪してはならないということである。これはたとえば、現在、公務員等は法的配偶者の死亡時には規定により特別休暇が与えられるが、現に法的配偶者をもっている男が別の女性の死亡時に特別休暇を申請してもまず認められない、ということと同じである。子の有無にかかわらず妻の喪に服することと及び妾の喪には服さないことは、康和《こうわ》三年（一一〇一）の明法博士中原範政《のりまさ》の答申等にも記されている（『文保記《ぶんぽうき》』）。

なぜ妾に対する喪が問題にされているかというと、喪葬令《そうそうりょう》の服紀《ぶっき》の条の規定に、妻については三ヶ月の喪とあるのだが、妾等については記載がない。それで、妾等の扱いを法的に明確にしておく必要があったわけである。

妻と妾との区別は早くから問題にされていて、律令解釈集成である『令集解』喪葬令でも妻と妾の法的扱いの違いについて次のような引用がある。

古記云《い》ふ、夫は妻の為《ため》には服三月、次妻は服無きなり。朱云ふ、問ふ、妻は未《いま》だ知らず、妾に於《お》いては何《いかん》、額云ふ、妾の為には服無し。

（訳）古記に、夫は妻に対しては三月の服喪、次妻（後妻）には服喪はない、とある。朱注に、質問、妻についてはともかく、妾に対してはどうでしょうかとあり、額田今《ぬかたのいま》足《たり》は、妾に対しては服喪はない、と云っている。

「古記」は大宝令の注釈。「朱」は跡記《あとき》（阿刀《あと》氏による注釈。奈良末平安極初の成立）に付された朱筆による書入れ注。「額」は額田今足。平安初期の明法博士。

服喪の規定では妻と妾とは早くから明確に区別されていたことがわかる。これを『源氏物語』にあてはめると、浮舟《うきふね》が死んだと見なされたとき、薫《かおる》は浮舟のためには喪服を着ることができなかったので、たまたま同じときに他の者のために着た喪服を心の中では浮舟のためとも思って過ごしたとあるのはこの規定に合致する。しかし、光源氏が紫の上の死にさいして葵《あおい》の上のときよりも濃い喪服を着たとあるのはこの規定に反しており、紫の上の立場と関連して古くから議論がある。そのことについては第六章であらためて考察する。

このように『玉葉』の記事は、服喪において妻として待遇してよいのは一人だけという律令の規定の再確認の意味をもっているので、多妻制であったという主張の根拠としては使用できない資料である。むしろ、社会的に妻として待遇してよいのは一人のみであること、妻の立場が子の有無に左右されないことを示す資料というべきであろう。

妾

これまでにも幾度か出てきた妾について、あらためて説明しておこう。妾とは法的な妻ではないが、夫婦的関係を継続している女性を指す律令用語である。あの女性は誰それのそのような関係の女性だと広く世間が認識しているという意味では、いちおう社会的に認められた存在である。例えば、藤原兼家における道綱の母、藤原道長における明子等がこれに該当する。

物語や歌集の詞書《ことばがき》などでは「め」あるいは「思ひ人」ともいわれ、貴族の漢文日記にはやわらげて「妾妻」と記されることもある。藤原実資《さねすけ》（九五七～一〇四六）の日記『小右記《しょうゆうき》』では、明子を「妾妻」と書いている。平安・鎌倉時代の訓点資料（漢籍に訓点を施した資料）では「妾」に「をむなめ」「をむな」「め」等の訓が見られる。「をむな」は女。女から見て夫・情夫にあたる者を「をとこ」といい、女が男と関係をもつことを「をとこす」ともいう。

「をむな（をんな）」はそれと対になる言い方であろう。「め」は正式な夫婦を含めて広く男女関係にある女を指すので、妾もまた「め」と称されたのである。物語等でよく用いられる「通ひ所」（男が通っている女）も妾や愛人を指す語である。

　律令の規定には継嗣や遺産分け等に関して、妾及びその子の存在を認めた運用規定が存在しているので、結果的にはその存在も社会的に容認されていたともいえよう。しかし、関係のあり方、すなわち、二人の始まりも終わりも待遇も、すべて男の任意で決まるところが「妻」の扱いとまったく異なる。

　妾は妻とは異なって固定した関係ではない。関係が継続するかどうかは男の気持しだいである。男が寄りつかなくなれば、それで関係は終わりである。始まりも終わりも男しだいなので、妾であるかどうかは結果としてしかわからないのが普通である。一時の愛人・召人のつもりであっても、子が生まれたりなどして結果的に妾の扱いを受けることもある。逆に、初めは継続するつもりだったけれども、心変わりして見捨てるということもあるだろう。

　召人が妾扱いになった例には源憲定《みなもとののりさだ》の娘がいる。『栄花《えいが》物語』巻二十四（わかばえ）によれば、藤原頼通の室である隆姫は具平《ともひら》親王の娘だが、伯父為平《ためひら》親王の子に源憲定なる従兄弟がいた。憲定には娘が二人いたのだが、母親が死に、父憲定もまもなく死んだ（一〇一七年）ので、気の毒に思った隆姫は、知らない人ではないからといって、すでに成人していた

図2　頼通と憲定の娘

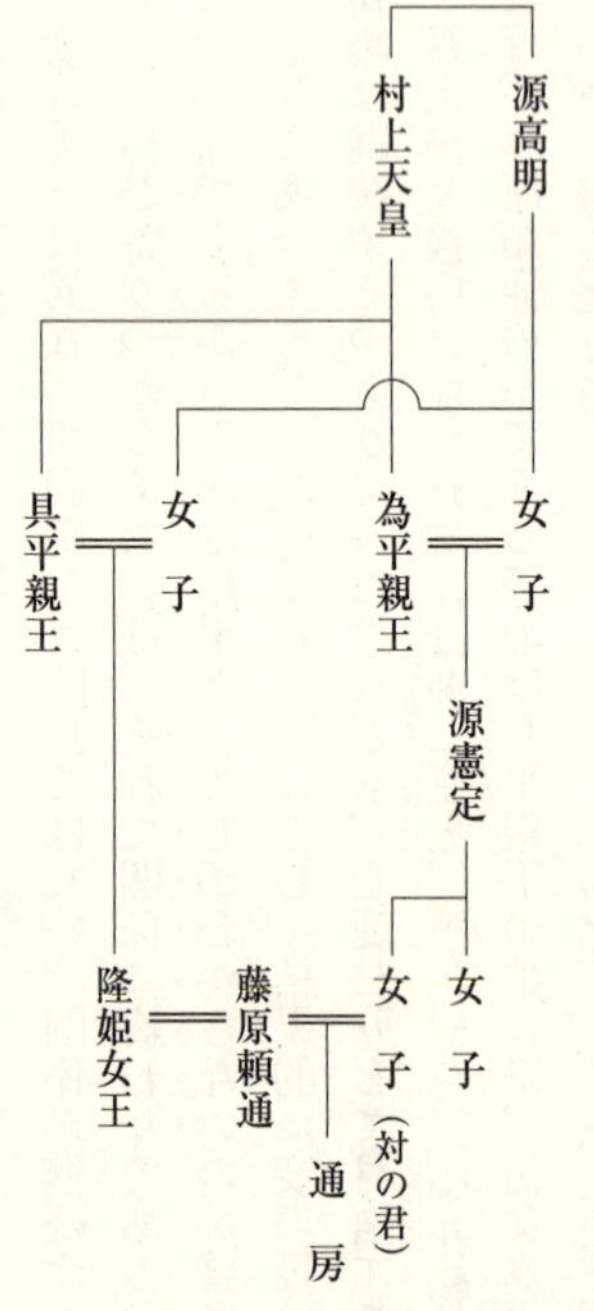

その娘たちを迎え取り、夫の頼通の食事や理髪の世話をさせていた。姉はそのうち源則理《のりまさ》という男と結婚し、夫に随って尾《お》張《わり》国に下る。妹はそのまま「対《たい》の君《きみ》」と呼ばれて仕えていたが、頼通は自然とこの妹と親しくなっていった（図2参照）。

頼通が憲定の娘に愛情ある態度を示すようになり、恩を仇《あだ》で返された隆姫は、憲定の娘に不快の情を示すようになった。それで憲定の娘は隆姫のもとには居づらくなり、しだいに実家で過ごすようになる。これで二人の仲は終わるかと思いきや、頼通は、常は何ごとも隆姫の意向を尊重していたのだが、このことだけは隆姫の意向を無視して、夜昼なく外出のついでなどに憲定の娘の家に立ち寄っていた。そのうち、女は頼通の子を身ごもってしまう。頼通の子（通房《みちふさ》）を生んだ憲定の娘を世間の者は「幸ひ人（幸運な人）」だと噂《うわさ》しあった。

頼通は隆姫の手前があり、自らは訪れなかったが、使者を頻繁に遣わした。頼通の母である倫子は「刀自女《とじめ》（台所の女）でも長女《おさめ》（下女の長）でも、頼通の子さえ生んだならそれでよい。自分が生きているうちに早く子を見たい」と常々いっていたので、とても喜んだ（『栄花物語』）。隆姫には男児がいなかったので、倫子にしてみれば、頼通の実子なら母親の身分は問わないということなのであろう。

憲定の娘は「対の君」と呼ばれているので、たんなる女房扱いではなかったようである。しかし、主家（隆姫）の夫の世話役という女房に近い立場だったから、頼通にとっては召人といってもよい存在である。頼通の実子としては初めての男児を生み、それゆえに妾にあたる待遇を得た女性である。諸家の系図を収めている『尊卑分脈《そんぴぶんみゃく》』（村上源氏）では、憲定の娘について「関白頼通室　権大納言《ごんのだいなごん》通房母」とあるが、隆姫が死ぬまでずっと正妻であったことは変わらない。

なお、この通房は長元《ちょうげん》八年（一〇三五）七月に十一歳で元服し、その日に大臣の子として正五位下を授かっている（『公卿補任《くぎょうぶにん》』）。ただ惜しいことに、二十歳で死んでいる。

あるいは、妾が容認されているなら一夫一妻制とはいえないのでは、との考えをもつ人がいるかもしれないが、そうではない。現在の法律でも重婚は禁止されているが、仮に法的配偶者を有する男が他の複数の女性と夫婦的関係を継続していても、複数の婚姻届を出しさえしなければ、それだけで重婚として罰せられることはなく、その所生の子も男親が認知すれば子としての諸権利が生ずる。このような現在の法的状況は、平安時代のそれとよく似ている。しかも所生の子の扱いに差があることも同じ。だが、普通には現状を一夫多妻制とはいわないであろう。その意味で、平安時代も一夫多妻制ではない。もし法的配偶者以外の女性との男女関係（夫婦的関係）が容認されていることをもって、平安時代を一夫多妻制というなら、現在も一夫多妻制といわなければならない。

ちなみに、妾についての問題としては「妾」をどう読む（発音する）かがある。「メ」は幅が広すぎて不適切であるし、近世的な「メカケ」という訓はまだ発生していない。それで筆者はとりあえずの便宜的な措置として、平安時代の妾を指すという意味で「ショウ」と音読みすることにしている。

召人

「召人」という語は『蜻蛉日記』『栄花物語』『源氏物語』等に見えている。召された人の意である。「召人」は主従関係あるいはそれに準ずる関係の中で生じた男女関係で、社会的にはあくまでも主人と使用人の関係である。例えば、藤原兼家の召人であった典侍《ないしのすけ》は兼家の威光を借りて威を張り、陰で「権《ごん》の北の方」（権は定員外の意）と恐れられ揶揄《やゆ》されているが、表ではあくまでも召人である。『和泉式部《いずみしきぶ》日記』の、敦道《あつみち》親王が和泉式部のもとへ夜歩きするのを諌《いさ》める乳母《めのと》の言葉に「使はせ給はむとおぼしめさむかぎりは、召してこそ使はせ給はめ」とあるのは、和泉式部を女房として邸に呼び、「召人」として使えばよい、ということである。後に和泉式部は親王邸に入ることになるのだが、その立場は社会的には召人であったと考えられている。

『源氏物語』では、源氏の召人には中務《なかつかさ》や中将《ちゅうじょう》などがおり、明石中宮《あかしのちゅうぐう》の実母である明石の君も社会的には召人に近い扱いである。玉鬘への求婚者の一人である兵部卿宮《ひょうぶきょうのみや》（桐壺《きりつぼ》帝の親王）について「通ひ給ふ所あまた聞こえ、召人とか、憎げなる名乗りする人どもなむ、数あまた聞こゆる」といっている。同じく髭黒大将にも「召人だちて仕うまつり馴《な》れたる木工《もく》の君《きみ》、中将のおもと」などがいる。このうち中将のおもとは北の方付きの女房であったらしく、髭黒大将と北の方が離別したとき、北の方に従って大将邸を出ている。おのずから髭黒大将と中将のおもとの関係は解消される。浮舟の母親は八宮《はちのみや》（桐壺帝の親王）の召人であるが、この人は懐妊が判明して後は冷たくされ、仕えづらくなって屋敷を出ている。

召人との間に生まれた子は「落胤《らくいん》」「落とし胤《だね》」「落とし子」といわれ、認知されず軽く扱われることも多いようだが、認知されればその男の子として世に出ることになる。

藤原道長の日記『御堂関白記《みどうかんぱくき》』寛弘《かんこう》九年（一〇一二）三月二十六日条に、典侍藤原某が死

んだことを記し、その典侍について「故二条右大臣の落子なり」と書き加えている。故二条右大臣は藤原道兼《みちかね》（道長の兄）である。母親が誰か、また認知していたかどうかもわからないが、道長は兄道兼の落胤だと知っていたわけである。

『蜻蛉日記』に、町小路《まちのこうじ》の女が一時兼家の愛情を独占して道綱の母を苛立《いらだ》たせていたが、兼家が女から離れ、生まれた子も死んだと聞いて、道綱の母はこの女のことを「僻《ひが》みたりし親王《みこ》の落とし胤なり、いふかひなくわろきこと限りなし」と憎々しげに書いている。女の母親は親王家の女房、すなわち召人だったのである。落胤ゆえにこのような書かれ方になったのであろう。町小路の女の場合、認知の有無はわかっていない。「僻みたりし親王の落とし胤」という点は『源氏物語』の浮舟と同じ境遇である。浮舟は認知されていない。

ちなみに、雲居雁《くもいのかり》（頭中将《とうのちゅうじょう》の娘）の母は皇統ではあるが、頭中将がおそらく忍び通って雲居雁が生まれ、その後に按察使大納言《あぜちのだいなごん》の北の方となり、大納言との間に多くの子が生まれている。その経緯から推察するに、雲居雁の母もあるいは親王の落胤であったかもしれない。頭中将は、女が大納言の北の方になったので、我が娘である雲居雁を引き取って母大宮（雲居雁の祖母）に預けた。雲居雁は頭中将の娘として認知されたのである。そして、同じく大宮のもとで育った夕霧《ゆうぎり》（母は葵の上）と恋に落ち結婚することになる。

召人の子が大切に扱われた実例としては、藤原実資の娘千古がよく知られている。この娘は「かぐや姫」と呼ばれ、実資の溺愛《できあい》を受けたが、その母は実資家の女房で、『大鏡《おおかがみ》』実頼《さねより》伝（実資は祖父実頼の養子）には「侍《さぶら》ひける女房を召し使ひ給ひけるほどに、をのづから生まれ給へりける女君、かぐや姫とぞ申しける。この母は頼定《よりさだ》の宰相の乳母子《めのとご》」とあり、『栄花物語』巻十六（もとのしづく）では、実資の二度目の北の方である婉子女王（元は花山《かざん》天皇の女御《にょうご》）に仕えていたが、婉子の殁後《ぼつご》はそのまま実資に仕え、千古が生まれたので、「今は北の方にてあるなりけり」とあり、「小野の宮の今北の方」とも称されている。

婉子女王の父親は為平親王で、源頼定も為平親王の子であるから、千古の母は頼定の乳母子だった関係で婉子女王に仕えるようになったのであろう（図3参照）。『栄花物語』では、実資が千古を将来はお后《きさき》にと大切に育てたので、ただもう「母北の方」はとてもすばらしいと見えたと、何度も「北の方」の語を用いている。

図3　実資と千古の母

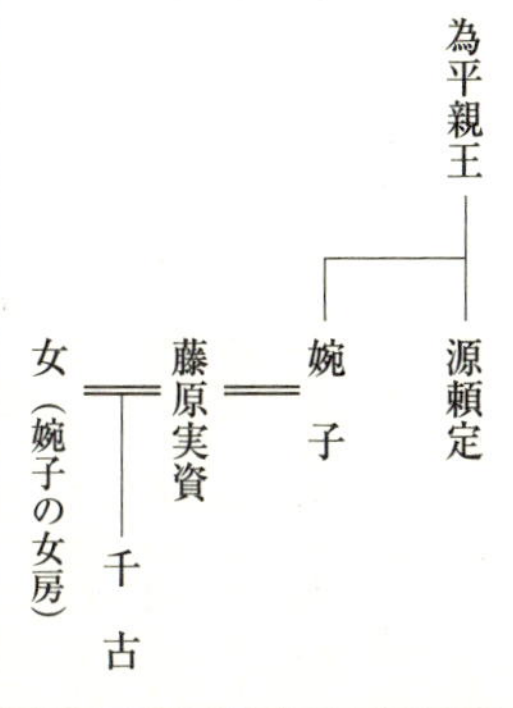

では千古の母は正妻になったかといえば、そうともいえない。実資の日記『小右記』によれば、再々婚の話があったとき、婉子女王の殁後はもう結婚すべきではないと深く思って、これまでも再婚話を承諾しなかった、と

いって縁談を断っている。このことから、吉田早苗は、千古の母はいわゆる「召人」であり、正式な室（妻）としては認められていなかったのではないかとも、『小右記』に千古のことは数多く書かれながらその母にほとんど触れられていないのは、もとは女房として仕えていたという立場が最後までつきまとっていたからだろうともいっている。当時の婚姻のあり方を考えると、穏当な推察であろう。

『栄花物語』が千古の母を「北の方」というのも、婉子女王歿後は実資が正式な再婚をしなかったので、正妻がいない中で最も重んじられた千古の母を俗に「今北の方（新しい奥様）」と称したという事情によるのであろう。『源氏物語』等の虚構の物語はもとより、歴史物語も漢文日記も含めて、日常的に用いられる「北の方」の語は、そのまま法的正妻を意味するわけではないのだと理解しておく必要がある。

2 正妻の決定時

正妻はいつ決まるか

妻は妻として結婚し、妾等はそのような相手として関係が始まるので、妻（嫡妻・正妻）であることは結婚当初から決定していることである。もとより途中から正式な妻とするというような事例もあるだろうが、それは現在でも同じことである。

ところが、従来の一夫多妻制説では、正妻（本書の嫡妻・正妻とは定義が異なる。詳しくは本章4節の「相違点」の項で述べる）は、結婚当初から正妻と決められているのではなく、初めは優劣のなかった複数の妻たちの中から、しだいに事後的に決まるのだと主張している。『蜻蛉日記』の記事や『源氏物語』の紫の上の場合を、正妻が事後的に決定される根拠とすることもあるが、それらは文学作品の読み方・解釈の問題であり、法的な婚姻制度を論ずるときの根拠とすることはできない。

律令的観点からの事後決定説としては、『令集解』に引用されている令釈《りょうしゃく》・朱注等の律令解釈に拠《よ》って、嫡妻が婚姻開始時においては問題とならず、もっぱら蔭位《おんい》を受ける嫡子決定のときに問題にされており、嫡子が決められるが故に嫡妻もまた決まってくるのだ、と説明されることがある（関口裕子）。蔭位は貴族に与えられる叙位にかかわる恩典だが、その具体的なことは次節で説明する。

『令集解』は、養老律令の公的法解釈の書である『令義解《りょうのぎげ》』に、さらに諸法律家の法解釈を加えて集成したものであるが、問題はそこに引用されている令釈（養老令の注釈。延暦《えんりゃく》六年〔七八七〕～十年〔七九一〕の成立）や朱注（阿刀氏の注釈である跡記に付された朱筆による書入れ注。延暦年間〔七八二～八〇六〕の成立）に、はたして嫡妻決定の時期に関することが書かれているかどうかである。令釈・朱注についての理解が誤りであれば、事後決定説に明確な根拠はないことになる。

すこし煩わしいと感じられるかもしれないが、正妻は事後的に決まるという考えは一夫多妻制説の主要な主張点の一つであり、また紫の上や道綱の母の立場を考えるうえでも重要な事柄なので、嫡妻（正妻）の決定時期、嫡子の決定時期について『令集解』の原文を具体的に見ながら、そこに何が書かれているかを検証してみよう。実は、そこには従来の解釈とは違う重要なことが書かれているのである。

嫡妻は嫡子決定時に決まるとする根拠として引用されている『令集解』（職員令・治部《じぶ》省）には、治部省が所管する継嗣や婚姻の手続きに関する諸法律家の法令解釈が集められている。原文は漢文だが、必要部分だけを読み下して引用する。

「継嗣」釈云《いは》く、五位以上の嫡子を定めんには、治部に申し送る。治部は民部に移し、籍を勘《かんが》へ実を知りて立つるのみ。

「婚姻」釈云く、（中略）五位以上の嫡妻を知るは、嫡子を立てんが為《ため》のみ。（中略）朱云く、（中略）凡《およ》そ妻等の名を掌《つかさど》るは、嫡子を立つる時掌るべしとは、此《こ》の説、明らかならず、若《も》し疑ふらくは、妻を取りし初めに則《すなは》ち掌るか。答ふ、嫡子を立つる時、妻の名を副《そ》へて申し送るべし。此の時、掌るのみ。

右の婚姻の項に引用されている「朱」に書かれていることは、次のような問答である。

問「妻等の名を掌握するのは、嫡子を立てるときに掌握すべきだとありますが、この説明はよくわかりません。もしかして、妻を娶《めと》った最初に妻の名を掌握しておくのでしょうか」

答「嫡子を立てるときに妻の名を副えて申し送ればよい。このときに妻の名を掌握するのだ」

一読すると、嫡子を立てるときに嫡妻が決まるかのように見えるが、留意すべきは、ここで問題にされているのは治部省の職掌についてだということである。継嗣や婚姻の手続きにおいて治部省はいかなる仕事をしなければならないか、の問答なのである。今風にいえば、職場の「所掌事項Q&A」である。それを考慮しないと、字面だけの理解になってしまう。

実は職員令（治部省）の本文には、その管掌すべき事項として「本姓《ほんせい》、継嗣、婚姻、祥瑞《しょうずい》、喪葬《そうそう》、贈賻《ぞうふ》、国忌《こっき》、諱《いみな》及び諸蕃《しょばん》の朝聘《ちょうへい》の事を掌《つかさど》る」としか書かれていない。これでは具体的な仕事ができない。そこでこの文章を法令としてどのように解釈すべきかを公的に説明したのが『令義解』で、その治部省の条には継嗣につき次のように説明している。

謂《い》ふこころは、五位以上の嫡子なり。継嗣令に五位以上の嫡子を定めんには、治部に陳《ちん》牒《ちょう》せよ、是《これ》なり。

(訳) 言っている趣旨は、継嗣とは五位以上の嫡子のことである。継嗣令に、五位以上の嫡子を定める場合には治部省に申請せよ、とあるのがこのことである。

また婚姻については次のようにある。

謂《い》ふこころは、五位以上の嫡妻なり。継嗣を重んぜんが為《ため》なり。故《ゆゑ》に、兼ねて其《そ》の生服を知るなり。

(訳) 言っている趣旨は、婚姻とは五位以上の嫡妻のことである。継嗣を重んずるためである。それゆえ、あらかじめ嫡妻の生き死にを把握しておくのである。

右の『令義解』の説明により、治部省における婚姻事項の管理掌握は継嗣手続きのためであることがわかるが、先に引用した『令集解』の「朱」の「もしかして、妻を娶った最初に妻の名を掌握しておくのでしょうか」という問いは、『令義解』の「継嗣を重んずるためである。それゆえ、あらかじめ嫡妻の生き死にを掌握しておく」という説明と関係している。治部省の職員としては「あらかじめ」とはどの時点からかが問題になり、それで「もしかして、妻を娶った最初に妻の名を掌握しておくのでしょうか」という質問になったのである。

その質問に対する答えは、嫡子を立てるときでよい、とある。これはどういうことだろうか。それを理解するためには、嫡子を立てるときの手続き全体を知る必要があるので、次には嫡子決定の手続きを見てみよう。

嫡子決定の手続き

嫡子決定の流れを追うと、まず父親が申請書を治部省に提出する。父親が提出することは律令の施行細則である『延喜《えんぎ》式《しき》』（延長《えんちょう》五年〔九二七〕奏進、康保《こうほう》四年〔九六七〕施行）に、

父、省に申牒《しんちょう》せよ。省は本貫《ほんかん》に移して実を知れ。実を知りて後、官に申せ。

（訳）父が治部省に申請書類を提出せよ。治部省は申請書を本籍地に移送して事実を確認せよ。事実を確認して後、太政官《だいじょうかん》に奏申せよ。

と指示されている。

父親の申請書を受け付けた治部省は、その書類を戸籍を管理している民部省・本貫(本籍地。京職《きょうしき》または国衙《こくが》が戸籍を管理する)に移送する(移とは同格の役所間の文書移動をいう)。移送するのは、その書類の「妻」に関する記載に虚偽がないかを確認するためである。すなわち、嫡子として申請された子の母親が本当に嫡妻(正妻)かどうかを確認するのである。何ゆえに確認が必要かといえば、嫡妻(正妻)の子とそれ以外の女性を母親とする子とでは、継嗣の優先順位が異なるからである。蔭位申請の場合も、嫡妻(正妻)の子とそれ以外の子とでは授けられる位階が異なっている。それらの扱いの差については次節で説明する。

治部省としては、民部省・本貫に書類を送る前に虚偽を指摘できればそれに越したことはないので、あらかじめ五位以上の嫡妻(正妻)の生き死にを把握しておくことが求められているのである。しかし、それは治部省内の予備情報、内部データだから、知っているからといって何か行動を起こすわけではない。父親から申請書が提出されたとき、母親についての記載内容がすでに把握しているデータと一致しなければ、それを指摘するのであろう。

さらに治部省は、本来の仕事として戸籍を管理している役所(民部省・本貫の国衙)に書類を送って事実の確認を求める。それが『延喜式』で「省は本貫に移して実を知れ」と規定している作業である。また『令集解』治部省の継嗣の項の令釈に「治部は民部に移し、籍を勘へ実を知りて」云々《うんぬん》とあるのも同じ作業である。「勘籍」は籍帳（戸籍簿）で事実を点検することを意味する。現在の相続手続きでは戸籍謄本を提出するが、これになぞらえれば、戸籍謄本の提出を求めず、書類を戸籍管理者（市町村長等）に送付して相続の有資格者であることを確認させる手続きといえよう。そのように考えれば、治部省が本貫に勘籍を求める意味が理解しやすくなるであろう。

民部省・本貫で勘籍を終え、嫡妻（正妻）であることが確認された申請書は、おそらく確認結果を副えてふたたび治部省に返されてくる。治部省は嫡妻（正妻）の名が事実に相違ないことを確認して、太政官に蔭位等の申請をすることになる。その手続きの規定が「実を知りて後、官に申せ」ということである。位記等は太政官が発付する。

さて、最初の嫡妻決定の問題にもどろう。「朱」の問答で、妻を娶った初めから妻の名を掌るべきかという問いに対する、治部省が妻の名を掌るのは嫡子を立てるときだという答えの意味するところは、申請書を受け付け、民部省・本貫で勘籍が終わり、申請書が治部省にもどってきて、次の手続き段階として太政官に申請するとき、そのときに民部省・本貫が確認した嫡妻（正妻）の名を書き副えて太政官に送る、それが治部省としての仕事である、ということである。要するに、治部省の仕事としての妻の名の確認は、嫡子を立てるための申請書類が提出されてからでよい、ということなのである。治部省の職掌は、嫡妻（正妻）を決定することではなく、申請の受付窓口であり、申請書に記載されている嫡妻（正妻）の名が虚偽でないかどうかを確認することである。その実際の確認作業が民部省あるいは本貫の地で行われるのであれば、申請書提出前に嫡妻（正妻）はすでに決定されているはずである。だからこそ治部省にも「兼ねて（あらかじめ）」嫡妻の生き死にを知るという仕事が課せられているのである。

　以上の説明でわかるとおり、従来の釈（令釈）説・朱（朱注）説に関する理解は誤りである。したがって、嫡子が決められるがゆえに嫡妻もまた決まってくるという嫡妻（正妻）事後決定説には根拠がない。むしろ、結婚時に嫡妻（正妻）は戸籍に記入されていたのではないだろうか。これは実際に平安貴族の戸籍が出現すれば簡単に解決することなのだが、それがない現状では、諸資料による推定とならざるを得ないのが残念である。

　なお、平安時代中期以降の戸籍としては、延喜二年（九〇二）阿波《あわ》国、延喜八年（九〇八）周防《すおう》国、長徳《ちょうとく》四年（九九八）某国、寛弘元年（一〇〇四）讃岐《さぬき》国の戸籍が現存しているが、寛弘（一〇〇四〜一二）の頃にはすでに戸籍廃絶に向かいつつあったのだろうともいわれている（吉川弘文館『国史大辞典』「戸籍」の項）。それでも、寛弘を過ぎ寛仁《かんにん》（一〇一七〜二一）を経て長元五年（一〇三二）に至っても、平安貴族層の戸籍が編まれ、養子の場合も新しい戸籍に編入されていたらしいこと等は、高田信敬「光源氏の本貫」(『源氏物語考証稿』)に引用されている資料等に拠って知ることができる。地方よりもむしろ中央貴族の方が継嗣・婚姻等にかかわって、戸籍の必要性と実効性があったのだろうと推察される。

3 嫡子と庶子の差

子の扱いの差

正妻(嫡妻)から生まれた男子とその他の女性から生まれた男子との差を、(1)継嗣、(2)蔭位、(3)昇進速度について説明する。女子については後に説明する。

(1)継嗣

継嗣は家督相続にあたるが、その優先順位が継嗣令に定められている。まず、三位《さんみ》以上の場合は嫡子(嫡妻の男長子)が第一位、嫡子が死亡または罪科・疾病がある場合は嫡孫(嫡子の男長子)が第二位、嫡孫がいなければ嫡子の同母弟を順序に従って第三位、第四位……とする。嫡子の同母弟がいなければ庶子(嫡妻以外の女性から生まれた男子)を第五位、第六位……とする(次頁の図4参照)。以下の順位は省略するが、嫡妻(正妻)の長男が最優先で、嫡妻以外の女性の子は劣位に置かれている。「四位《しい》以下は嫡子のみを立てよ」ともあるので、

図4　継嗣の優先順位

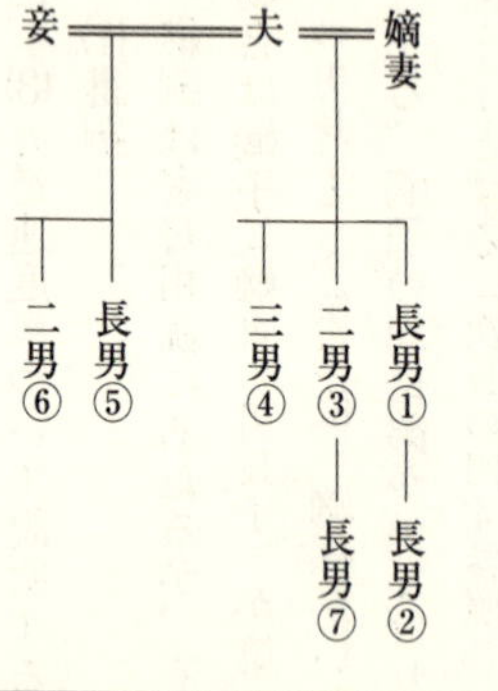

三位以上と四位以下とでは扱いが異なっている。その点からは、三位以上は妾の存在を許容しているが、四位以下は妾の存在を認めていないともいえよう。

ところが、この継嗣法は唐の封爵令《ほうしゃくれい》に倣ったものであって「我が国情には合わなかったから早く死法になり終った」といい、その理由に「四位以下の者でも嫡孫を養子とすることによってこれを継嗣者とし、また同じ方法によって、傍系親を嫡子にすることも普通に行われた」（瀧川政次郎『日本法制史』）といわれることがある。

俗にいう抜け穴だらけの法ということなのだが、養子を取ることは、戸令に「若《も》し子孫なくば、近親を取るを聴《ゆる》せ」とあるので、合法的な行為である。四位以下の者で、嫡妻（正妻）の男子（嫡子）がいないとき、妾等の子を嫡妻（正妻）の養子にして嫡子とすることも合法的に認められた措置である。逆にいえば、養子にしなければ嫡子と認められないのだから、継嗣令は法として生きているというべきである。もし本当に法として死んでいるのであれば、どの母親の子であっても、親がこの者を継嗣者にすると指名すればよいことである。それができないのは、法が生きているからである。なお、三位以上の場合でも妾の子を嫡妻

（正妻）の養子にすることがあるのは、その方が子にとって有利になるからである。

⑵蔭位

蔭位は五位以上の貴族に与えられる恩典制度である。律令の規定では三位以上を「貴」、四位・五位を「通貴《つうき》」（准貴族の意）といい、諸々《もろもろ》の恩典の対象になる。位階制の大原則としては初位（九位）からスタートすべきなのであろうが、祖父・父の位階に応じて途中からスタートできるという恩典である。ただし、二十一歳にならないとこの資格は発生しないので、最上流貴族は別の恩典でスタートすることが多い。

さて、その恩典としての位階の与えられ方は、選叙令《せんじょりょう》によれば、父親が一位の場合、その嫡子は従五位下《じゅごい》を、その庶子は正六位上《しょう》を、父親が二位の場合、その嫡子は正六位下を、その庶子は従六位上を（以下略）と規定されている。嫡子・庶子の違いにより一階の差が設けられている。先の継嗣の場合は、嫡子は嫡妻（正妻）の男長子を指していたが、平安時代、蔭位における嫡子は、長子に限らず嫡妻（正妻）の子すべてをいうと解釈されているようである。恩典のインフレが起こったのであろう。

貴族層には蔭位以外にも優遇措置があるので、初めての叙位において嫡妻（正妻）の子とそれ以外の子とで必ず一階の差がつくというわけではないが、貴族社会で最も関心をもたれたことの一つである位階において嫡子と庶子とに差が設けられていた意味は小さくない。

(3)昇進速度——藤原道長の子息の場合

嫡子と庶子の差は、さらにその後の位階の昇進速度にも影響する。その顕著な例として藤原道長の子息たちの場合を見てみよう。

道長の男子には、正妻倫子に頼通（九九二年生）、教通《のりみち》（九九六年生）の二人、妾明子には頼宗《よりむね》（九九三年生）、顕信《あきのぶ》（九九四年生）、能信《よしのぶ》（九九五年生）、長家《ながいえ》（一〇〇五年生）の四人がいる。公卿の人事異動記録である『公卿補任』の記事に揺れがあり、頼宗と能信の生年をそれぞれ九九二年、九九六年とする異伝もあるが、考察に影響はない。この六人について母親ごとに分けて年齢による到達位階を示したのが次頁の表である。

元服時の位階を見ると、倫子の子二人はともに正五位下を授かっているが、明子の子四人はともに従五位上で、頼通たちとは一階の差がある。もともとこの位階は蔭位の規定よりも遥かに高く、また蔭位は二十一歳から資格が生じることなので、道長の男子たちの叙位は蔭位ではないと推察されるが、それでも嫡庶により一階の差を設けているのは、蔭位の制における嫡庶一階の差という考え方が生きていることをうかがわせる現象である。

元服年齢は十一歳から十三歳までの幅があるが、十二歳を中心にしたとき、倫子の教通が十一歳で、明子の頼宗・長家が十三歳というのも意味のある分布かもしれない。

表で元服後の昇進速度を母親ごとに比較してみよう。叙爵はみな行幸の折の褒賞等による

表　藤原道長の男子の昇進比較表（『公卿補任』による）

男子／年齢	頼通（倫子所生）992年生	教通（倫子所生）996年生	頼宗（明子所生）993年生	能信（明子所生）995年生	長家（明子所生）1005年生 倫子の養子	顕信（明子所生）994年生
11		正五位下（元服）				
12	正五位下（元服）			従五位上（元服）		従五位上（元服）
13	従四位下	従四位下 従四位上	従五位上（元服）		従五位上（元服）	
14	従四位上				正五位下 従四位下	
15	従三位 正三位	従三位	正五位下		正四位下	
16		正三位	従四位下	正五位下		
17	従二位			従四位下		
18		従二位	従四位上		従三位	従四位下
19			正四位下	従四位上	正三位	従四位上 出家
20	正二位	正二位	従三位	従三位	従二位 正二位	
21			正三位	正三位		
22	権大納言		従二位	従二位		
23						
24		権大納言		正二位	権大納言	
25						
26	摂　政	内大臣	正二位			
27	摂政内大臣			権大納言		
28						
29	関白内大臣		権大納言			
30	従一位					
	32 関白左大臣 71 関白太政大臣 72 関　白 77 辞　任 83（1074）薨 正一位追贈	52 右大臣 63 従一位 65 左大臣 73 関白左大臣 75 関白太政大臣 77 関　白 80（1075）薨 正一位追贈	55 内大臣 66 従一位 68 右大臣 73（1065）薨	71（1065）薨 正一位追贈 （帝の外祖父）	60（1064）薨 （正二位権大納言）	

臨時の加階であり、摂関家ゆえの特別の事情によるので、このまま一般化できないところもあるが、母親ごとにはっきりと区別されていることがわかる。

正妻倫子の子では、長男の頼通がやや優遇されているが、二十歳でともに正二位に至っている。その後も頼通が常に先んじて、摂政関白《せっしょうかんぱく》に任じられている。

一方、妾明子の子を見ると、元服時はみな従五位上である。二十歳あたりまではやはり長子の頼宗が一歩先んじているが、それでも二十歳で従三位となっているのは、倫子の養子となった長家を例外として、みな同じ。顕信は十九歳で出家したので、これ以降は比較できない。

興味深いのは長家の動向である。長家は明子所生として従五位上でスタートするが、翌年十四歳の年には正五位下に、同じ年のうちにさらに従四位下に昇っている。その翌年、十五歳のときには正四位下に昇る。正五位下と正四位下の加階理由は中宮御給《ごきゅう》である。「御給」とは朝廷から中宮等に官位（年官・年爵という）の権利を賜り、中宮等はそれを某に与える見返りにその位禄《いろく》（位階に対して給される俸禄）を某から受け取るという、売官の側面をもつ恩典的給禄制度である（吉川弘文館『国史大辞典』「御給」「年爵」等参照）。中宮は倫子の娘彰子だから、その縁で御給による加階を得たのだとすれば、おそらく十四歳のときにはすでに倫子の養子となっていたのであろう。

そして、同母の兄たちを遥かに抜き去って、二十歳のときには従二位に、次いで正二位に昇叙されている。これで倫子所生の頼通・教通が二十歳で正二位を叙された例に並んだことになる。明子所生の兄たちは二十歳のときはともに従三位であった。位階の昇進、三位以上は正従のみで上下の階はなくなり、従三位、正三位、従二位、正二位と進むので、三階の差が生じたことになる。長家の特異な昇進の仕方は、倫子の養子になったからだという以外に他の説明は困難であろう。

倫子所生と明子所生とで昇進に明らかな差がつけられていること、母親ごとに速度が揃《そろ》えられていること、長家は倫子の養子になることによって昇進速度が変速されていること、これらのことにより、正妻と妾との差が子の昇進に影響していると考えることができる。子ゆえに母親の扱いが決まるのではなく、母親によって子の扱いが決まるのである。

なお、長家はその後の昇進はまったくなく、正二位権大納言のまま歿している。長家は頼通・教通と不仲な関係であったといわれているが、庶子の長家が倫子の養子となって嫡子と同じ扱いを受け、自分たちに追いついてくることに、頼通たちは強い不快感を抱いていたのかもしれない。

道長の娘たち

道長には八人の娘が記録されている（『尊卑分脈』等）。そのうち六人が倫子と明子の娘である。

正妻倫子所生の娘は次の四人。

彰子　一条天皇の后。後一条天皇及び後朱雀《ごすざく》天皇の母。

妍子　三条天皇の后。

威子　後一条天皇の后。

嬉子　後朱雀天皇の后。後冷泉《ごれいぜい》天皇の母。

妾明子所生の娘は次の二人である。

寛子　小一条院の女御。

尊子　右大臣源師房《もろふさ》の室。

小一条院は三条天皇の第一親王である敦明《あつあきら》親王。母は藤原済時《なりとき》の娘娍子。三条天皇の退位にともない東宮《とうぐう》（春宮）となったが、道長とは外戚関係がなかった。それゆえ、道長が陰に陽に圧力をかけ、それに押されて敦明親王は自ら東宮を辞した。道長は敦明親王に院号（通常は退位した天皇や后に与えられる称号）を与え、明子所生の寛子と結婚させた。親王を慰撫《いぶ》する意図があったのであろう。しかし、摂関家としては何のメリットもない結婚である。

倫子所生の娘と明子所生の娘とを比較すると、倫子の娘はみな後宮に入っているが、明子の娘の結婚相手は小一条院と源師房である。後一条天皇・後朱雀天皇は彰子の子でもあるので、威子と嬉子は同母姉の子（すなわち甥《おい》）と結婚したわけである。外戚関係を維持し続けるためにそのような後宮対策をとっているのだが、それでも明子の娘は後宮に入れていない。この扱いの差には、道長及び正妻倫子の意志が強く反映しているにちがいない。

師輔の事例（道長の子女以外）

道長の子女以外でも嫡庶の差が現れているかどうかを、道長の父兼家、祖父師輔の場合で見てみよう。実は、摂関家のような最上流貴族は、叙位においても御給等のさまざまな横道があり、嫡子・庶子にかかわりなく、親の意向でどうにでもなるところがある。それで、本当ならあまり横道を使えない通貴層（四位・五位）以下を取りあげるべきなのだが、それらの人々には追跡し比較できるだけの資料に乏しく、やむを得ず摂関家を取りあげる。

兼家の男子、すなわち道長の兄弟の場合は、正妻時姫所生の道隆《みちたか》（九五三年生）、道兼（九六一年生）、道長（九六六年生）はいずれも十五歳で従五位下（道隆は中宮御給、他の二人は冷泉院御給）を叙されている。藤原倫寧《ともやす》の娘所生の道綱（九五五年生）も従五位下（冷泉院御給）である。道綱は叙位年齢が十六歳で、時姫所生の男子に比べれば一年遅れているが、スタートに嫡庶の差はほとんどない。ただし、次の従五位上に昇るまでに要した年数が、道隆は六年、道兼は八年、道長は六年であるのに対して、道綱は十一年を要している。このあたりに差が出ているといってよいかもしれない。

もう一つ上の世代である師輔の男子の待遇を見てみよう。師輔の子の母親としては、正妻藤原盛子の他にも、藤原公葛《きんかつ》の娘、雅子内親王、康子内親王及び姓名未詳の女がいる。母親ごとに子の履歴を整理すれば次のとおりである。

○正妻藤原経邦《つねくに》の娘盛子所生

伊尹《これただ》（九二四年生）、兼通《かねみち》（九二五年生）、兼家（九二九年生）の三人。初冠《ういこうぶり》は三人とも従五位下（いずれも御給による）。ともに太政大臣に至る。

忠君《ただきみ》　生年未詳。祖父太政大臣忠平《ただひら》の養子となる。天徳《てんとく》四年（九六〇）正月七日に正五位下。九六八年歿。忠平の子としての扱いなので、他の兄弟とは比較できない。

安子　村上天皇の后。冷泉・円融《えんゆう》天皇の母。

登子　重明《しげあきら》親王の室。のち村上後宮の尚侍《ないしのかみ》。

女子　左大臣源高明《たかあきら》の室。

怤子　冷泉天皇の女御。

○藤原公葛の娘所生

遠量《とおかず》　一説に母は右大臣顕忠《あきただ》の娘。生年未詳。初冠時の官位未詳。天徳四年正月七日に従五位上。従四位上、宮内卿《くないきょう》に至る。
遠度《とおのり》　生年未詳。初冠時の官位未詳。安和《あんな》二年（九六九）には右馬頭《うまのかみ》正五位下。従三位、左兵衛督《さひょうえのかみ》に至る。
遠基《とおもと》　生年未詳。初冠時の官位未詳。従四位下、左京大夫《さきょうのだいぶ》に至る。
○雅子内親王所生
高光《たかみつ》　九三九年生。従五位下（中宮御給）。右少将従五位上のときに出家。
為光《ためみつ》　九四二年生。従五位下（故康子内親王御給）。
尋禅《じんぜん》　九四三年生。十五歳で出家。天台座主《ざす》。権僧正《ごんのそうじょう》。
女子（愛宮）　源高明の室。高明の室であった三の君（母は盛子）の歿後に高明の後妻となる。
○康子内親王所生
深覚《じんかく》　九五五年生。十二歳で出家。東寺《とうじ》長者。東大寺別当。大僧正。
公季《きんすえ》　九五七年生。元服の日に正五位下。中宮安子により宮中で育てられた。
○母親未詳
繁子　円融天皇の女御詮子に仕え、詮子の兄道兼との間に尊子を生む。一条天皇の乳母。一条天皇後宮の典侍《ないしのすけ》。のち平惟仲《たいらのこれなか》と結婚。尊子は一条天皇の女御となり、母親繁子の一条院での居所に因《ちな》んで「暗部屋《くらべや》の女御」と称されたという。道兼との関係は召人だったのであろう。

女子　源重信《しげのぶ》の室。重信は他に中納言朝忠《あさただ》の娘、左大臣源高明の娘との間に子をもうけている。この師輔の娘が正妻だったかどうかは未詳。

正妻盛子所生の男子は、祖父の養子となった忠君以外はみな従五位下でスタートし、最終的には太政大臣に昇っている。

公葛の娘所生の男子は、生年も初冠時の官位も未詳なのだが、盛子所生の男子に遥かに及ばないことは明白である。官位の追跡が困難ということ自体、盛子の子と差別された結果である。遠度は『蜻蛉日記』にその名が見え、道綱の母の養女に求婚している。一条天皇即位の翌年の七月、何ゆえか、従三位（非参議）に叙せられている。ただ、その男三人のうち二人は僧籍に入り、一人は従五位下遠江《とおとうみのごんのかみ》権守に至るが、後に出家している。遠量・遠基の子もまた一人以外はみな僧籍（遠量二人、遠基三人）に入っている。これらを見るかぎり、公葛の娘所生の子・孫は、摂関家の一族としての恩恵をほとんど受けなかったというべきであろう。

二人の内親王所生の男子を見ると、雅子内親王所生の為光は盛子の子と同じ従五位下（故康子内親王御給）でスタートしているが、康子内親王所生の公季は十二歳で元服したその日に正五位下に叙されている。『大鏡』公季伝によれば、母康子内親王が早く薨《こう》じたこともあって、公季は異母姉の中宮安子（母は盛子）により宮中で村上帝の親王たちと同じように育てられたという。そのような特別な事情があったので、正五位下を叙せられたのであろう。為光と公季も太政大臣に至っている。

また、雅子内親王所生には高光がいる。高光は初め従五位下に叙され（中宮御給）、風雅の才に富み将来を嘱望されていたが、父師輔の死の翌年、右少将のときに比叡山《ひえいざん》で出家し、さらに大和《やまと》の多武峰《とうのみね》に移っている。その間の妻や周辺の人々と高光とをめぐる話は、歌物語『多武峰少将物語』（別名『高光日記』）として残されている。

師輔の女子を母親ごとに見ると、道長ほど露骨ではないが、やはり正妻盛子の娘が比較的に優遇されている。雅子内親王所生の愛宮を後宮ではなく、異母姉の死後に後妻として結婚させるのは、摂関家としての政略の一環なのであろう。繁子は、結果的には女御の母という立場になるが、父師輔からはかなり軽く扱われている。

出家するのは庶子

師輔の男子は母親の違いにかかわらずほぼみな官途についたが、内親王所生の男子で初めから僧籍に入った者が二人いる。雅子内親王所生の尋禅と康子内親王所生の深覚である。

尋禅は天慶《てんぎょう》七年（九四四。一説では天慶六年）生まれ。雅子内親王の第三子。『僧綱補任《そうごうぶにん》』（僧正・僧都《そうず》など僧官任命の記録）によれば、十五歳で出家。摂関家と深い関係にあり比叡山中興の祖といわれた良源《りょうげん》に師事している。大臣の子としては初めて天台座主となり、権僧正に至った。

深覚は天暦《てんりゃく》九年（九五五）生まれ。『東大寺別当次第《とうだいじべっとうしだい》』によれば、十歳（一説では十二歳）で出家。東寺長者、東大寺別当などを歴《へ》て大僧正に至っている。

二人とも貴族仏教界に大きな功績を残し、尋禅は飯室《いいむろ》の僧正、深覚は禅林寺《ぜんりんじ》の僧正と呼ばれて、ともに世の尊崇を集めたと、『大鏡』師輔伝に記されている。二人は摂関家を仏教的側面から支える役割を果たした。それがまた摂関家の子息を僧籍に入れる目的でもあったのである。その意味では、比叡山を離れて大和の多武峰に引き籠《こ》もった高光は、仏教界で摂関家の直接的支えとなることを拒んだといえるかもしれない。高光はともかく、雅子内親王と康子内親王の子を選んで僧籍に入れたということは、正妻藤原盛子所生の男子たちとは違った扱いを受けたのだといってよい。

ここで今一度、道長の子である顕信の出家を考えてみると、これも顕信が庶子であったことと無関係ではないであろう。顕信の出家の様子は『大鏡』道長伝に詳しく語られている。

『大鏡』がどこまで事実を伝えているかわからないが、それに拠れば、道長は顕信の出家を聞いて、「これまで法師にした子がいなかったので、幼くても法師にしようと思ったのだが、嫌がったのでそのままになっていたのだ」といって、通常の作法による出家のように取り扱ったという。受戒の儀式は比叡山で盛大に行われている。もともと道長は、法師となすべき子を妾である明子腹から選ぶ心づもりがあったのであろう。

ただし、『栄花物語』巻十（日《ひ》蔭《かげ》の蔓《かずら》）ではすこし趣が違っていて、道長は、私に恨みがあるのか、官位に不満があるのか、それとも女のことか、自分が生きているかぎりは見捨てることはしないぞ、といって引き留めたと伝えている。やはりこの場合でも、語り手は明子腹の顕信が官位等で不満を抱くことを当然のこととして想定していることになる。

尋禅・深覚の場合も顕信の場合も、さらには高光の出家も含めて、それらが非正妻腹の子であることは、出家の要因として母親の立場を考慮すべきことを示している。

道長の子そして師輔の子を通覧して、官位だけではなく、さまざまな側面において正妻腹の子とそれ以外の女性の子とでは、どうやら扱われ方が異なっているようだ、ということは納得できたのではなかろうか。

4　一夫一妻制説と一夫多妻制説

相違点

これまで述べてきた平安時代の婚姻制度についての説明は、従来の〈平安時代は一夫多妻制だった〉という説とは大きく異なっている。それゆえ、この節では両者の違いを整理し、なぜそのような違いが生じるのか、一夫多妻制説の何が誤りかを簡単に説明しておこう。

基本的な相違点は次の四点である。

第一に結婚について。

○一妻制説　正式（法的）な結婚は一人のみ。他は非法的関係。

○多妻制説　複数の女性と正式な結婚ができ、その妻の間に優劣はない。

第二に正妻について。

○一妻制説　初めから妻（嫡妻・正妻）は妻として結婚し、妾などとは非法的なものとして関係が始まる。

○多妻制説　正妻は優劣のない複数の妻たちの中から、しだいに事後的に決まる。

第三に正妻のあり方について。

○一妻制説　妻（嫡妻・正妻）は離婚されないかぎり妻であり、離婚しないまま妾等と入れ替わることはない。離婚すれば再婚は可能。
○多妻制説　離婚しないまま正妻と他の妻たち（多妻制説では「副妻」と呼称することもある）とは入れ替わり得る。
第四に律令の実効性について。
○一妻制説　基本的には有効。
○多妻制説　戸令は空文であり、無効。
同じ一夫多妻制説でも研究者によって内容に異なる点があるのはいうまでもない。右の整理は対比のための便宜的なものであるが、この四点の違いを念頭に置いておけば、平安時代の婚姻（結婚）に関する著書を読む場合にも、必ずやそれぞれの主張が理解しやすくなるにちがいない。細かな相違点はこの他にも多くあるが、みなこの四点から派生してくる問題である。

例えば、平安時代は「通い婚」だったという言い方がある。多妻制説のように複数の「妻たち」が優劣なく併存すると考えれば、男が夜々に別の女のもとを訪れるのも、それぞれ等しく正式な結婚ということになるので、「通い婚」という婚姻形態があるという理解になる。しかし、「妻」はただ一人で、男の「通い」という行為は妾や愛人などの家に出かけて行くのだと見れば、「通い婚」という婚姻形態はないという理解になる。

実は、この四点の全体を通じて「妻」「正妻」の定義が一番の問題なのである。これまで本書ではいわゆる正妻を指す用語として「正妻」「嫡妻」を適宜用いてきたが、右の整理では、多妻制説は多妻制説の用法で、一妻制説は一妻制説の用法で、「妻」「正妻」の語を用いている。この定義の不統一が平安時代の婚姻制度あるいは男女関係についての理解を妨げている大きな要因なのだが、残念ながらまだ学界にも共通理解ができていない。

なぜ「妻」「正妻」の定義が統一されないかといえば、前記のとおり、多妻制説と一妻制説とでは「妻」「正妻」の概念がまったく異なっているからである。本書では漢字の「妻」は原則として法的な妻を指すが、多妻制説では戸令の規定は無効と考えているので、「正妻」という用語も法的妻を意味しないし、「妻」も広く緩く用いている。それらの「多妻」の中で最も重んじられている者を「正妻」と称しているようだ。だから、離婚なしに「正妻」が入れ替わり得るというきわめて不自然な理解にもなる。その意味では、第四点の戸令の実効性の有無についての認識――本書では資料の関係で摂関時代（九世紀後半から十一世紀半ば）を主たる対象として記述している――、それが根本の問題であるといえよう。

悪循環の連鎖

一夫多妻制を強力に主張した高群逸枝《たかむれいつえ》（一八九四～一九六四）は、婚姻史・家族史研究の世界的潮流であった母系制説の立場に立ち（現在は世界的に双系制説が通説となっており、我が国に関しても双系制、あるいは父系を中心とする双系制といわれる）、我が国の婚姻史を、群婚の時代、一夫多妻の時代、家父長的一夫多妻の時代、一夫一婦の時代という流れとして構想した。その中で平安時代をまだ群婚の名残のある一夫多妻制の時代と規定し、初めは多妻の間に甲乙（優劣順位）はなく事後的に正妻が決まると説明したのである。

その理解が誤りであることは本書に述べてきたとおりだが、その研究は一見きわめて詳細だったので、根強い批判はありつつも、婚姻史・家族史はもとより日本史学界においても一夫多妻制説が通説となった。家族史・日本史学界がそのようであったこともあり、法制史（律令史学）においても戸令の婚姻関係規定の実効性が疑問視される趨勢《すうせい》となっていった。法制史において戸令の実効性が疑問視されたがゆえに、戸令の規定をまったく無視した一夫多妻制説も深く疑問視されなかった。互いの説が互いの説を根拠とし支えあう、水車が汲《く》み上げた水で水車を回すという、いわば永久機関のごとき様相を呈していたのである。

そのような流れの中で、古典文学研究者が一夫多妻制説によって『源氏物語』や『蜻蛉日記』を理解しようとしたのは、ある程度はやむを得ないことであったが、その古典文学研究がまた一夫多妻制説の裏付けに用いられるという、泥沼のような悪循環に陥っていたのが、筆者が一夫一妻制説を提案した昭和六十二年(一九八七)以前の平安時代婚姻研究の状況であった。

文学作品の資料価値

高群逸枝の研究の誤りの原因について、栗原弘は、初めに高群の想定した婚姻史の枠組みがあって、それに適合しない不都合な資料は用いなかった、つまり高群は自分でも誤謬《ごびゅう》と知りつつ婚姻史を書いたのだと指摘している。これが根本的な問題点であるが、さらにそれとは別に、研究に用いる資料の価値判断にも誤りがあった。婚姻史・家族史という歴史を復元すべき作業に、フィクション、当時の言い方では「そらごと」というが、虚構の文学作品である『源氏物語』等の恋愛物語や『蜻蛉日記』等の日記文学を用いたことは(これは律令の軽視と表裏の関係にある)、高群の研究結果に致命的な偏りをもたらしている。高群以後の婚姻史研究でもやはり同じ傾向が続いている。

では、なぜ『源氏物語』等の文学作品を婚姻史研究の資料に用いることが問題なのか。婚姻史研究のすべての領域にわたって、文学作品の使用が不可というわけではない。本書でもしばしば文学作品を引用しているが、三日夜の餅のこと、男女関係の風習的な側面、男女関係に対する考え方等々を知るためには、むしろ重要な資料となる。しかし制度的な、とくに法制的な側面については、物語等の文学作品を根拠資料として使うことはできない。文学作品はもともとフィクションであるうえに、恋愛物語などは法的な規制から逸脱したところでストーリーを展開させることが多いという事情もある。それは今現在の恋愛小説でも同じことであろう。それゆえ、文学作品は婚姻研究の根拠資料あるいは事例として使用できるかどうか、作品ごとに事例ごとにその資料価値の判断を慎重に行う必要がある。

　文学作品、とくに恋愛物語や『蜻蛉日記』に類する日記文学などを使用してはならないもう一つの理由は、それらには描かれる対象（素材）に大きな偏りがあるからである。すなわち、『源氏物語』等の恋愛物語は、妻（嫡妻・正妻）ではない非同居の男女を主人公とするのが普通である。『蜻蛉日記』は非同居の妾である道綱の母が書いたものであるし、『和泉式部日記』は和泉式部が敦道親王の召人として宮邸に入るまでの経緯を描いたものである。ともに正妻との話ではない。正妻との関係は恋の物語の主たる対象にはならない。

　摂関時代では、新婚当初の一時期、男が女の家に通うこともあるが、そのうち夫婦は同居する。親が決める結婚や同居している正妻との関係は、恋愛物語の素材にならない。また物語の主人公となる上流貴族の男は、元服時に親が決めた結婚をするので、自分の心で恋をする年齢になったときにはすでに妻帯者であり、恋の相手はおのずから妻以外の女性となる。恋愛物語はそのような男と女をめぐる話なのである。

図5 「通い」と物語世界

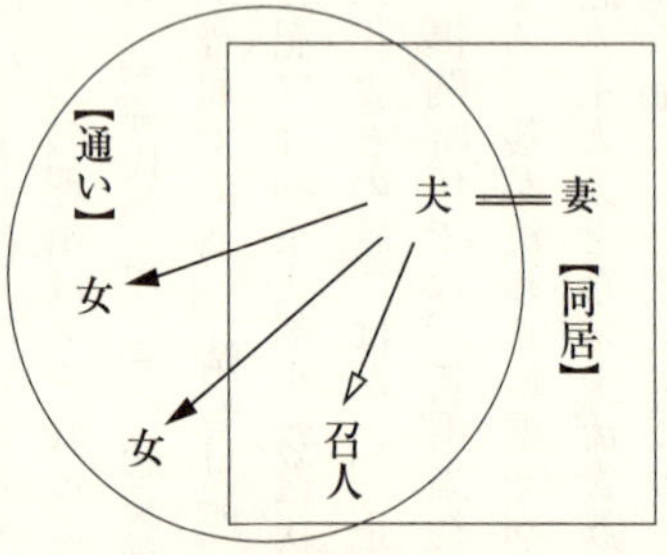

＊円内が物語・日記文学の中心的世界

このように、物語や日記文学は虚構であること、語られる対象（女たち）の偏りという、資料としては二重の欠陥をもっているので、それらを婚姻史の資料とするときには細心の注意が必要になる。

仮にいま平成時代の婚姻制度、たんなる男女関係ではなく婚姻制度を研究するとして、そのとき民法を無視して恋愛小説や映画・テレビの恋愛物を資料とすれば、よほど事実とかけ離れた結論になるであろう。高校でも大学でも、仮に「現在の婚姻制度を調べよ」という課題を出すとして、教師はどのようにアドバイスするだろうか。まさか、まず恋愛小説を見なさいとはいわないであろう。まずは民法の規定を見るようにと指導するのではなかろうか。平安時代の婚姻制度研究も同じことなのだが、高群逸枝のみならず現在の研究者においても資料価値の判断に甘さが見られるのは残念なことである。

一夫多妻制説は、図5の方形部分（正式な夫婦関係）も円形部分（非法的な関係）も等しく「結婚」として婚姻制度を復元した結果である。その研究方法の誤りは明白であり、したがってその研究結果の誤りもまた必然だったのである。

日常言語の資料価値

前項のことと関連して、婚姻制度を考えるさいに留意すべきは、資料に用いられている言葉の資料価値をどう判断するかである。その資料は文学作品か。貴族の日記か。律令関係書か。その違いはおのずから用いられている言葉の性格に反映する。

具体的に例を挙げれば、物語には次のような記述がある。

妻《め》は三人なむありける。（『大和物語』一六八段）

三つに隔てて造り磨き給へる玉の台《うてな》に北の方三人をぞ住ませ奉り給へる。（『狭衣《さごろも》物語』）

右は物語の用例である。物語には物語の語法があるが、まずは日常言語の範囲といってよいであろう。仮に法的には明確な差があっても、日常的には「正妻一人と妾二人」とはいわず、「北の方三人」という言い方をするであろう。現在でも人前では「奥様が三人」としかいえないのではなかろうか。日常でも物語でも、概括的にいおうとすればどうしてもそうなる。そういっているからといって「多妻制」だとはならない。これは常識の問題であろう。

昨、都督《ととく》の両妻、車論（あり）、前典侍《ぜんてんじ》大怒して留《とど》まる、人々相《あ》ひ勧めて、晩景に臨みて僅《わづ》かに車に乗り、山崎に向かふ、と云々。（『小右記』寛弘二年〔一〇〇五〕四月二十四日条）

これは都督（太宰大弐《だざいのだいに》）藤原高遠《たかとお》の「両妻」に車争いが起こり、高遠に同行する予定だった前典侍が大怒してその場から動かないのを、人々が宥《なだ》めてやっと山崎（ここで船に乗る）に向かった、という記事。車争いの相手は妾・愛人の類で、それが高遠を見送りに来たのと道中で遭遇し事件が起こったという経緯であろう。『小右記』に「両妻」とあるのは一々書き分けず簡略に記したということであって、「両妻」と記しているから「妻」が二人いたのだ、多妻制の根拠となる資料だと考える必要はない。このような用法は、いま我々が日常的にこの類の話をするときに必ずしも法律用語を使わないのと同じ事情である。そしてまたこのような待遇を表す呼称は、妾を妾妻と記すように、おのずからインフレが起こる。そのことも考慮しておく必要があろう。

次章からは一夫一妻制を前提に、具体的に『源氏物語』の構想や人物の描かれ方を読み解くこととしよう。

第二章　婚姻制度と恋愛物語の型——母親の立場による物語構想の制約

1　結婚の仕方と世間的評価——親が決める結婚と女本人が決める結婚

貴族社会における女性の幸福の条件

平安貴族社会の女性が世間的な幸福を得るための最も重要な条件は、親の庇護《ひご》があることである。とくに男親の庇護が重要になる。なぜなら、男親の庇護があれば、親が決める正式な結婚が期待できるからである。

平安時代も、特別の事情がなければ、正式な婚姻を経た夫婦は同居するのが普通だった。桐壺帝は退位した後、藤壺《ふじつぼ》を常に側《そば》に置いて過ごすが、その様子を物語は、在位中とは違って退位後は「普通の夫婦のように寄り添っていらっしゃる（ただ人《びと》のやうにて添ひおはす）」という。その表現にも夫婦同居の慣習が反映している。そのように夫と同居している正妻所生の娘は、両親の庇護のもとで成長し、裳着《もぎ》を経て親の決めた結婚をするのが普通である。貴族同士の結婚は政略結婚が多いといわれるのは、親が家と家との関係を重視して相手を選ぶからで、狭い貴族社会の中ではおのずから政略的要素を帯びざるを得ない。だが、政略的要素があることが直ちに娘を犠牲にしていることを意味するわけではない。親が決める結婚は律令的な意味での正式な結婚の条件を満たしており、親同士の許諾を経て妻（正妻）となれば、娘は家や法によって保護される。男親の庇護があること、それが世間的幸福の第一の条件である。

自ら媒《なかだち》する女――媒人のいない交わり

親が媒人（仲人）を通して決める家と家との婚姻が、年を経ての結果の善し悪しはさておいて、少なくとも出発点としては、若い女にとって世俗的には安定した結婚生活への第一歩だった。だから、そのような出発点に立つことができない場合、すでにその時点で世間から負の評価が与えられた。親の承諾なしに、あるいは親の死後やむを得ずではあっても、女自らの考えで、結婚であれ、たんなる男女関係であれ、進退を決めるのは好ましくない恥ずべき行為と考えられていた。

『万葉集』巻二に石川郎女《いしかわのいらつめ》が大伴田主《おおとものたぬし》に贈った歌、

遊士《みやびを》と吾は聞けるを宿かさず吾を帰せりおその風流士《みやびを》

（訳）みやび男と聞いていたのに、泊めもせずに私を帰らせた。まぬけなみやび男！

が採られている。漢文で書かれたその左注（歌の後に記された詠歌事情の補足説明）には次のようなことが書かれている。

容姿佳艶《かえん》にして風流秀絶なる田主に石川郎女は強い恋心を抱いていたが、仲立ちしてくれるつてがないので、火を借りたいとの口実を設け、自ら訪れたが、田主は火だけを与えてそのまま帰らせた。その翌朝、郎女が「すでに自媒《じばい》の愧《は》づべきを恥ぢ」、また望みを果たせなかったことを恨んで、戯れにこの歌を贈ったのだ。

この話は面白く出来すぎており、『遊仙窟《ゆうせんくつ》』等の漢文学の影響が見られ、左注の文章には物語的脚色があると見なされている。儒教の道徳では、婚姻は媒を経由すべきであり、自ら媒するのは女として恥ずべき行為であった。あるいは石川郎女本人の意識と左注を書いた者の意識とにズレがあるかもしれないが、そうではあっても、夫を求めるときに自媒によるのは好ましくないとの意識が、平安時代以前からあったことは認められるであろう。

平安時代の自媒の例を挙げよう。『大鏡』では「御心わざ」と称されているが、媒なき結婚の例である。

大納言藤原済時《なりとき》が長徳元年（九九五）に五十五歳で歿した。済時には娘が二人いた。姉娍子は三条天皇が東宮だったとき（九八六年立太子）に女御《にょうご》となり、敦明《あつあきら》親王他の皇子を生み、即位の翌年（一〇一二年）に皇后宮《こうごうぐう》に昇った。敦明親王の誕生が九九四年だから、娍子の東宮参りは父済時存命中である。しかし、九九五年に父済時は歿しているので、その後の処世は本人の賢さによる。『栄花物語』巻十（日蔭《ひかげ》の蔓《かずら》）では、父親に先立たれ自分一人で長年を過ごしてきたのに、おかしなことも不都合なこともしでかさず、生まれた多くの親王たちにも痴《し》れ者は混じっていないゆえに、皇后宮になるという幸運に恵まれたのだ、と娍子を褒《ほ》め称《たた》えている。

一方、妹は『大鏡』師尹《もろただ》伝によれば、父済時が歿して後に「御心わざ」で帥宮敦道《そちのみやあつみち》親王の上《うえ》（北の方）となり二、三年ほど過ごしたが、敦道親王が和泉式部に心移りしたので、不本意にも小一条の祖母（師尹の北の方）のもとに帰った、という。敦道親王と和泉式部とのことは『和泉式部日記』に物語化されている。和泉式部の宮邸入りは、かたちのうえでは宮の使用人（女房）としてであったが、宮は夜昼となく式部を側に置いて過ごし、北の方（済時の娘）とはしだいに疎遠になり、周囲の人々の好奇の対象ともなって、北の方はいたたまれず、姉の勧めに従って小一条邸に帰ったのである。後には、父から相続した近江《おうみ》の荘園が人に奪われた状態になり、経済的にもひどく困った状況に陥り、やむなく夜中に自ら歩いて道長邸を訪れ、泣き泣き直訴してようやく近江の所領を安堵《あんど》し得たという（『大鏡』）。

本人の賢愚、あるいは運不運ということはあるにしても、父親の庇護のもとに東宮に参入した姉のめでたさと、父親歿後に「御心わざ」すなわち自分の意志で敦道親王と結婚した妹のその後の悲惨を見ると、結婚の最初が親の決定によるか、本人のみの判断によるかで、その後に大きく影響してくるのであろう。敦道親王は遊び人ではあるけれども、もしも父済時の生存中に父親が決めた結婚であったなら、北の方に対しての扱いはもうすこし違っていたのではないかとも思う。

媒をめぐる儒教の道徳

そもそも、女本人が自分の意志で男女のことを決めるのは、女にとって恥ずべき行為である、という考え方は儒教によっている。

儒教の経典である『礼記《らいき》』巻三十（坊記）には、孔子の言葉として、男女は媒《ばい》がないときには交わらず、結納がないときには逢わない（男女は媒無ければ交はらず、幣《へい》無ければ相《あ》ひ見《まみ》えず）というのは、男女のことに禽獣《きんじゅう》との違いがなくなるのを恐れるからである。これを以《もっ》て民の淫《むさぼ》りを防ぐのだが、それでも民の女には自らその身を献ずる者がいる。詩経《しきょう》の詩にこういっている、「柯《か》を伐《き》ること之《これ》を如何《いかん》せん、斧《おの》に匪《あら》ざれば克《あた》はず、妻を取ること之を如何せん、媒に匪ざれば得ず、（中略）妻を取ること之を如何せん、必ず父母に告ぐ」と。

とある。「自らその身を献ず」の「献」の原義は物を贈るの意だが、要するに媒に依《よ》らない「自媒」の交わりである。儒教の教えでは、男女の交わりは父母の許可のもとに媒（仲人）と聘財《へいざい》（結納）を以てするのが礼であるから、自媒は恥ずべき行為であった。

また士大夫《したいふ》にあっては仕官のためにその才能を自ら売り込むのはやはり恥ずべき行為とされていた。『孟子《もうし》』（滕文公《とうぶんこう》下）に、周霄《しゅうしょう》の「君子であるあなたが仕官をためらうのはなぜか」という問いに、孟子は、

（女子が）父母の指示、媒酌の言葉を待たずに、穴隙《けつげき》をあけて覗《のぞ》いたり、あるいは垣を越えて逢ったりすれば、きっと父母も国中の人もみな軽蔑する（父母の命、媒酌の言を

待たずして、穴隙を鑽《き》りて相ひ窺《うかが》ひ、牆《かき》を踰《こ》えて相ひ従はば、則《すなは》ち父母国人《こくじん》皆な之《これ》を賤《いや》しむ）。これまでも古《いにしえ》の人々が仕官を求めなかったことはない。私は仕官をためらっているのではなく、仕官が正道によらないのを嫌悪するのだ。正道によらないで仕官する者は、穴を穿《うが》って覗くのと同類だ。

と答えている。孟子の主眼は官の求め方の正邪にあるのだが、その軽蔑すべきことの比喩に媒酌なく逢うことを用いている。

また『文選《もんぜん》』に収められている魏《ぎ》の曹植《そうしょく》「求自試表」の、

そもそも男が自分から才能をひけらかしたり、女が自分から媒なしに男と逢うのは、士や女にとって醜い行為である（夫《そ》れ自ら衒《てら》ひ自ら媒するは士女の醜行なり）。

というのも同じ思想である。

『礼記』『詩経』は大学寮の基本テキストであり、『文選』は大学寮文章道《もんじょうどう》のテキストである。また『孟子』も、平安前期の儒学者である藤原佐世《すけよ》（八四七〜八九七）の『日本国見在書目録《にほんこくげんざいしょもくろく》』に登載されているから、平安貴族の読書の範囲にあり、前述の男女関係に関する考え方は、儒学を学んだ平安時代貴族の常識といってもよい。
律令の解釈集成である『令 集解《りょうのしゅうげ》』(戸令《こりょう》・嫁女《かにょ》条)に「先《ま》づ祖父母父母に由《ふ》れよ」とあるのに関して、

一云《い》ふ、凡《およ》そ女の嫁する者は、必ず祖父母父母及び諸親の命を待て。仮令《もし》、媒人直《ただ》ちに女の許《もと》に詣《いた》らば、先づ祖父母父母に申すなり、と。

とあり、「令釈後記《りょうしゃくこうき》に云ふ、媒人女の許に詣らば、女は先づ祖父母父母に申す」ともあるので、「仮令」以下は「(媒人は本来は祖父母父母のもとに詣るべきなのだが)もし仮に直截《ちょくせつ》に女本人のもとに行ったときには、女はその話を祖父母父母に報告せよ」との意であろう。律令の解釈が媒人の介在を前提にしているのは、儒教の精神からすれば当然のことであった。

奈良・平安時代においても、男女の関係、いわゆる恋愛は必ずしもこのような儒教的道徳に拘束されないのはいうまでもないが、たんなる恋愛ではなくて夫を定めるということになれば、親の庇護がなく、媒人のいない、本人の意志による婚姻は時として軽んじられることがあったであろう。次に取りあげる朱雀《すざく》院の言葉は、物語の中の話ではあるが、前記の事情をよく反映している。

心づからの忍びわざ

『源氏物語』若菜上巻は、出家を決意した朱雀院が女三宮《おんなさんのみや》の将来を心配するところから始まる。朱雀院の婿選びは迷い迷いしつつも、結局予定どおり光源氏に落ち着くことになるが、その途中、源氏を推薦する乳母《めのと》が「宮様はあきれるほどのねんねで、見ていて心配です。仕える者が主人の指図に従ってこそ、事はうまく運ぶのです。特別な後見人がいないのはやはり不安です」と進言するのを承《う》けて、朱雀院は深い悩みを漏らす。

> 皇女が結婚しているのは軽薄な感じでもあり、また高貴な女も男と結婚することで後悔も不快の思いも生じる。しかし逆に、独身のまま両親など後見を受ける者に先立たれた後、意志強く独身を通すのは難しい。昔は分を守る慣《なら》いもあったが、今はそうではなく、色めいた濫《みだ》りがわしいことも耳にする。昨日まで高貴な親に大事に育てられていた娘が、今日は卑しい身分の好き者と浮名を流し騙《だま》されて、亡き親の面目を汚《けが》すような例も多く聞こえてくる。結婚するにせよ、しないにせよ、どちらも心配なことは同じだ。宿世《すくせ》などということは知り難いことだから、何ごとにつけても心配だ。

朱雀院は右のように述べたのに続いて、女三宮を結婚させることを前提に、親等の決める結婚と本人の意志による結婚の優劣について述べる。

まず、親等の決める結婚については、

親など女を後見すべき立場の人が決めたままに結婚生活を送るのは、たとえ後々零落したとしても、それは運命であって、本人の責任にはならない。

と弁護するのに対して、親あるいは後見となるべき人の許しのない結びつきについては、二つの場合、すなわち一つは本人の意志による「心づから」の場合、一つは自分の意志ではなくて「思ふ心より外《ほか》に」男と結ばれてしまう場合に分けて、そのマイナス面を強調する。

本人自らが決める関係について、朱雀院は、

時が経って、この上ない幸運に恵まれ、つまとして世間体もよいと見えるようになったときには、こんな結婚も悪くないのだなあとは見えるけれど、親も関知せず後見すべき人も許さないのに、女自身の考えによる忍びごとをしでかした（心づからの忍びわざし出《い》でたる）と、その当初にふと聞いたようなときには、それは女の身にとってこれ以上

ない汚点と感じられることだ（女の身には勝《ま》すことなき疵《きず》とおぼゆるわざなる）。心づからの忍びごとは、普通の臣下の場合でさえ軽薄で感じの悪いものだ。

という。前半はおそらく紫の上と源氏の関係を念頭に置いているらしく、やや遠慮した物言いになっているが、朱雀院の本意は「心づからの忍びわざし出でたるなむ、女の身には勝すことなき疵とおぼゆるわざなる」にある。親や後見人がいれば、女はその意向に従うのがよいという考え方である。

親が決める結婚の場合も「心づから」の場合も、その結果ではなく、男女関係の始まり方を朱雀院は問題にしている。何ゆえに始まり方を問題にするかといえば、女三宮と光源氏を正式に結婚させるという構想上の必要により、「女三宮は結婚すべきである」「その相手は親の責任で決めるべきである」というあらかじめ定められた（作者が定めた）結論に朱雀院の思考を導くためである。もし結果を問題にすれば、親が決めても不幸になることもあり、本人が勝手に決めても幸せになることはある。人の運命は知り難いことなのだから、今ここで朱雀院が女三宮の結婚相手を決める必然性がなくなってしまう。だから作者は、朱雀院の価値判断の基準を、結果ではなくて、男女関係の始まり方に置いたのだ。

親の許しがないまま関係が始まったという点では、玉鬘《たまかずら》と髭黒《ひげくろ》大将の仲もそうであった。

後年、源氏の正妻女三宮が柏木と密通事件を起こしたとき、源氏は髭黒大将に忍び込まれたときの玉鬘の対処を思い出している（若菜下巻）。それによると、髭黒大将は思慮のない女房を手引きとして忍び込んだのだが、玉鬘は男を拒絶し通したのだと世間には思い込ませたうえで、あらためて正式に親から許された仲であるかのように取り繕い、自分の疵にならないようにした。源氏もやむを得ずその取り繕いに協力したのだが、もし自分の許しのないまま結婚したとしても、今と変わることはなかっただろうが、それでも、

心もてありしこととも、世人《よひと》も思ひ出《い》でば、すこし軽々しき思ひ加はりなまし。

（訳）あれは女が自分の考えだけで始めたことだと、世間の者がもし思い出しでもしたならば、きっといくらかは女を軽んじる気持も添うことだろう。

と思い、玉鬘の賢明な対処にあらためて感心している。それだけ「心づからの忍びわざ」「心もてありしこと」は女にとって疵なのである。

前述の石川郎女の例、済時の娘（妹）の例などを参照すると、親や後見人の許さない「心づからの忍びわざ」は女にとって疵だという認識は、平安貴族社会の共通認識といってもよいであろう。その共通認識の源には、先に『礼記』等によって紹介した儒教の道徳がある。

朱雀院の「心づからの忍びわざ」をこのうえない疵だとする思考は、その儒教的価値観を前提に組み立てられている。

結婚における親（あるいは後見人）の関与の有無が女の世間的評価を決めるとなれば、その親が不在の場合、八宮《はちのみや》亡き後の宇治《うじ》の姉妹の身の処し方に見られるとおり、女の置かれた立場はまことに厳しいのである。

2　女の環境と恋愛物語の型

母親の立場と恋愛譚の型

『源氏物語』若菜上巻で、朱雀院は、

独身のまま両親など後見を受ける者に先立たれた後、意志強く独身を通すのは難しい。昔は分を守る慣《なら》いもあったが、今はそうではなく、色めいた濫りがわしいことも耳にする。

といって、後に残る女三宮の行く末を心配している。

庇護者のいない若い女のもとに男が忍び通うという事態は、実は恋物語のありふれた舞台設定の一つでもある。若紫も末摘花《すえつむはな》も六条御息所《ろくじょうのみやすどころ》も宇治の姉妹も、庇護者を失った状況の中で、光源氏あるいは薫大将とかかわる。後見すべき男親がいないという点では、夫と同居しない非正妻から生まれた娘もまた同じ環境である。

例えば、『落窪《おちくぼ》物語』の姫君は非正妻の遺児で、母親の死後は父親邸に引き取られはするが、端っこの落ち窪んだ部屋に遠ざけられ、父親からも見放されている。その落窪の姫君のもとに少将が忍び通うという話は、その典型である。

ところがその一方で、女三宮の婿選びがそうであったように、男親が主導して娘の婿を選ぶ話、あるいは同居する男親に手厚く庇護された娘（それは多くの場合正妻の娘である）に男たちが求婚してくる話の場合は、求婚しては失敗する男たちの様子を面白おかしく描く『竹取物語』のかぐや姫求婚譚のかたちになる。

右のことを枝葉を取り除いていえば、恋物語は娘の置かれた境遇によって話型が制約されるということであり、その娘の立場は母親のつまとしての立場によって決定されるということでもある。そのことを簡略に図解すれば次頁の図6のようになる。これを物語の構想の仕方という観点から説明しなおすと、次のようにいえるであろう。

男と女とがともに自分の意志で恋をする（あるいは拒絶する）話を構想した場合、父親の

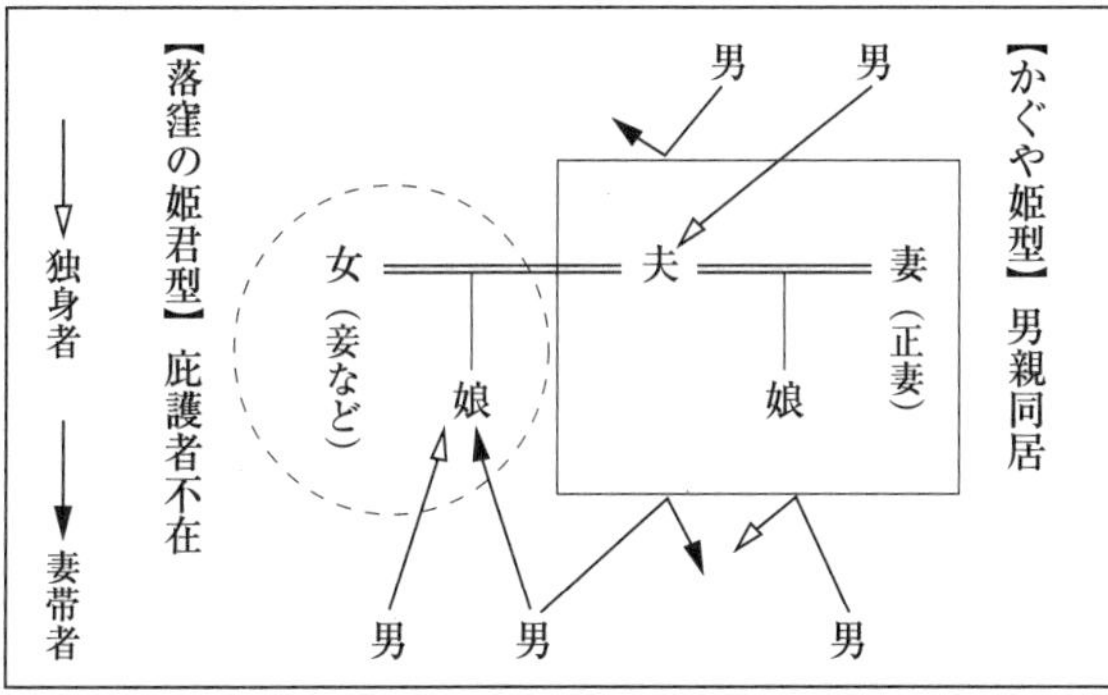

図6　娘の境遇と話型

庇護のない娘をヒロインとして設定することになる。その場合、現実でもそうであろうが、男は独身であれ妻帯者であれ、女房等を手引きとして直截に娘と交渉をもつ展開になる。

一方、夫と同居する正妻（北の方）所生の娘をヒロインに設定すれば、女は動かない（女本人は結婚を承諾せず、男女の恋物語としては展開しない）かたちの求婚譚となる。この場合、通常、妻帯者は初めから拒否される。父親が愛する娘を現に北の方のいる男とは結婚させない。なぜなら、男が現在の妻（正妻）を棄妻しないかぎり、新しい女は妻にはなれず、法的には妾の立場にしかなり得ないからである。ごく普通の貴族の男親であれば、愛する娘をそのような男と結婚させることはしない。また、男親の目があるので、女房等が密かに男を導き入れることも難しく、男たちは親を通して思いを訴えることになる。

なお、正妻の娘であっても、父親が死んだりして不在であれば、妾等の娘と同じ状況だから、落窪の姫君型の恋物語のヒロインとなり得る。要は男親の庇護の有無である。

平安時代、ヒロインの母親がつまとしていかなる立場にあると設定するかで、恋愛物語の構想は決定的な制約を受ける。恋愛物語の構想のされ方にも、現実の社会における妻（正妻）と妾等との違いがはっきりと反映しているのである。次にはそのことを具体的な作品を通して確認する。

恋愛物語のヒロイン

妾などの非法的関係にある女性とは原則として同居しない。正妻が死去するなどして存在していなければ、同居することはあるだろうが、妻と妾とが併存するときには同居しないのが普通である。それゆえ、妾等は親の家に住むか、男の用意した家に住むか、いずれにしても、そこで男の訪れを待つことになる。そのような状態の中で娘が生まれ、結婚すべき年頃になった場合、娘たちはどのような結婚をすることになるだろうか。

男親の娘に対する扱いの差は、第一章に藤原道長の娘たちの例に示したとおり、正妻の娘はより重く、妾等の娘はより軽く扱われるのが常である。父親が気を配って結婚させる場合でも、妾等の娘は一段軽く扱われる。もし妾等の娘に父親の目が行き届かなくなったときには、娘はどうなるだろうか。またもし父親が認知していない娘の場合は、あるいは母親が死んでしまって庇護者がいなくなった妾等の娘の場合は、どうなるだろうか。

歴史事実として個々に見ていけばそれぞれにさまざまだろうが、多くの場合、娘はおのずから「心づから」の結婚をせざるを得ないであろう。恋愛物語においては「心づから」の交わりが必要だから、恋愛物語のヒロインの境遇は妾・召人《めしうど》などの娘として設定される。『源氏物語』でいえば、若紫、雲居雁《くもいのかり》、浮舟など。『落窪物語』の落窪の姫君もやはり妾の娘である。ヒロインがもし正妻の娘であれば、親が死んで庇護者がいないという設定になる。宇治の八宮の娘たちがそれである。末摘花は笑い話だが、設定の基本はこれである。『宇津保《うつほ》物語』の俊蔭《としかげ》の娘もこの型である。

要するに、男親の庇護がないという状態が恋愛物語のヒロインの条件なのだといえよう。なぜかといえば、両親のもとで大事に養育されている娘には、若い男が容易に近づけないからである。娘もまた「心づから」の行動をとれないからである。男も近づけず、女も動かなければ、恋の物語は始まりようがない。

若い女に男を近づけなければ恋愛物語は始まらない。その女が正妻の娘では物語の展開が難しい。強いて正妻の娘を恋の相手として設定すれば、例えば源氏と朧月夜《おぼろづきよ》のような悲劇的な展開、恋は成就しない話にならざるを得ない。ただし、歌物語ではむしろ成就しない恋や破綻する恋を語ることを主眼とする。『伊勢物語』四・五・六段等のいわゆる二条の后に関する話など、例は多い。『平中物語《へいちゅう》』など全編そのような話である。

歌物語の場合は一話完結だからそれでもよいのだが、長編にはできない。そのうえ男の恋は成就しないのだから、長編物語の男主人公の恋のエピソードとしても多用はできない。だから、正妻の娘を恋の相手として恋愛物語を構想するのはきわめて難しい。正妻の娘をヒロインとする場合は、男女が逢い契る恋愛譚ではなく、女は動かず、男のみが動く、いわゆる求婚譚、婿選び譚の型になるのだが、このことはあらためて後述する。

男主人公となるべき最上流貴族の男の置かれている婚姻事情もまた、正妻の娘をヒロインとして設定できない大きな理由である。例えば、光源氏は十二歳で左大臣の娘（葵《あおい》の上）と結婚した。桐壺帝と左大臣との取り決めであった。父親同士が本人の気持とは無関係に決めた結婚は、恋愛物語の素材にはならない。恋愛物語にするためには、女が動くことも必要だが、まず男自身が動かなければならない。

源氏であれ藤原氏であれ、最上流貴族の男の最初の結婚は、特別の事情がなければ、親が決める。だから、男が自身の意志で動けるようになったときには、すでに妻（正妻）がいる。それが最上流貴族の男たちの置かれた現実であった。そして、平安時代の婚姻制度が法的には一妻制であるからには、男の恋は非法的男女関係としてしか成り立ち得ない。だから、平安時代にあって物語の登場人物を多少とも現実味のある設定にしようとすれば、男の恋の相手は正妻とはなり得ない女になる。それが物語のヒロインは男親の庇護のない娘という設定になる理由である。

そして、そのおのずからの役割として、正妻は男に理解のない冷たい女、夫の恋を邪魔する敵役と設定されざるを得ない。葵の上、雲居雁、頭中将《とうのちゅうじょう》の北の方、髭黒大将の北の方、みなこの役割を振られている。弘徽殿大后《こきでんのおおきさき》の役割も同じである。

若紫と落窪の姫君

『源氏物語』の若紫と『落窪物語』の落窪の姫君とで、ヒロインの境遇の設定のされ方を見てみよう。

若紫の境遇を系図で示せば次頁の図7のようになる。併せて光源氏も記載したが、二人の境遇がよく似ていることも、作者の工夫として注意すべきであろう。

若紫の父親は親王であり、この親王には北の方（正妻）がいる。若紫巻の北山での僧都（若紫の大伯父）の話によれば、若紫の母親は大納言の娘であった。父大納言は娘を入内《じゅだい》させるべく大切に育てていたのだが、入内を果たさないままに歿した。父親の歿後は母親である大納言の北の方（すなわち尼君）が育てているうちに、

図7 若紫と源氏の境遇

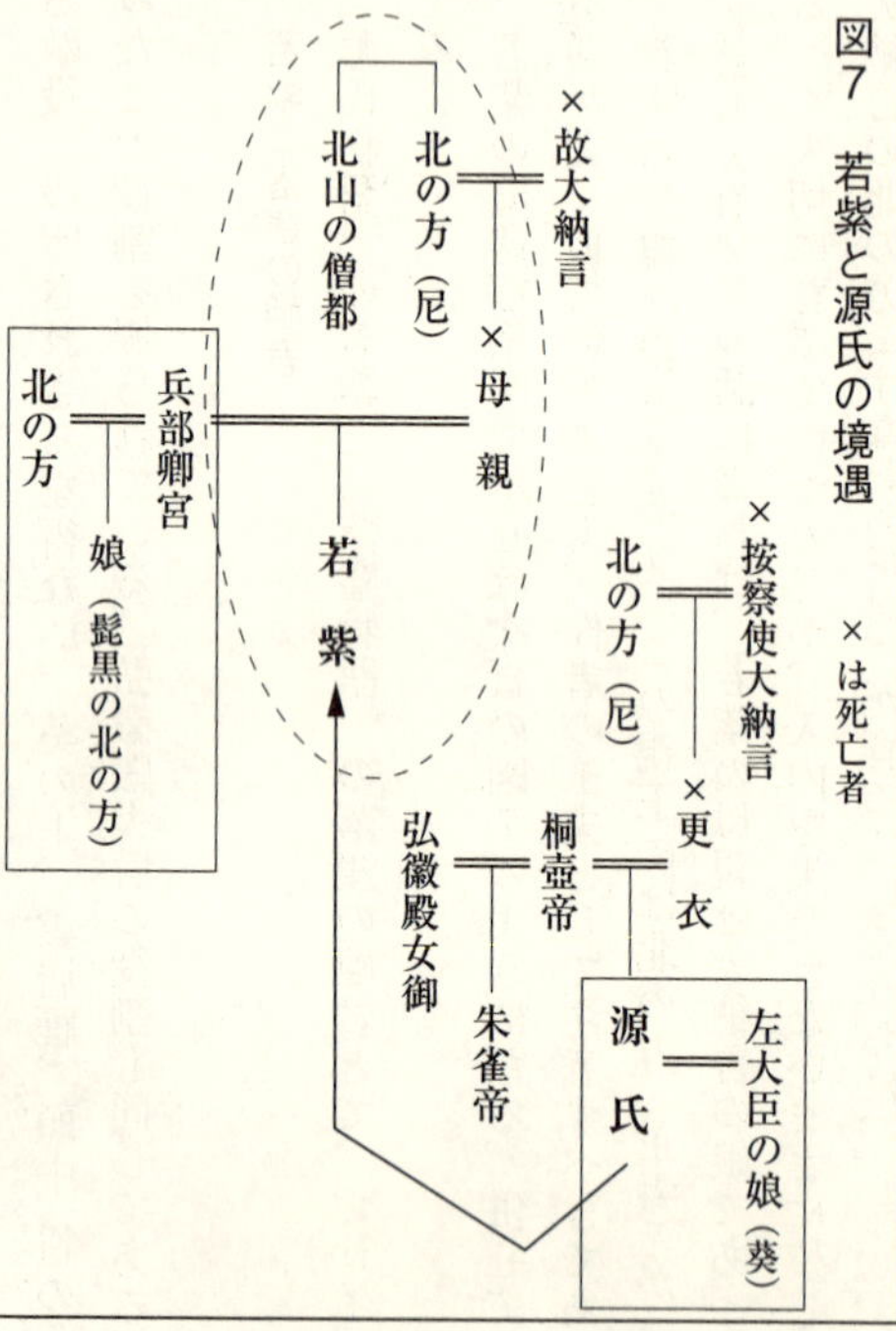

いかなる人のしわざにか、兵部卿宮《ひょうぶきょうのみや》なむ、忍びて語らひつき給へりける。

という状態になった。おそらく思慮のない女房が兵部卿宮に籠絡されて、宮を女の部屋に導き入れたのである。兵部卿宮は、正妻がいて、かつ別の女のもとに通うという状態になった。それで、例の敵役の正妻が登場する。

もとの北の方、やんごとなくなどして、やすからぬ事多くて、

（訳）もとからの北の方は重々しく扱われている方で、穏やかでない事が多くあり、若紫の母親は明け暮れ物思いをして死んでしまった。「やすからぬ事」というのは、北の方からの迫害である。具体的に何があったかは語られないが、僧都が「物思いで病気になるものと、目の当たりに見ました」といっているから、相当に強い圧迫があったのであろう。夕顔の宿の女も頭中将の北の方の脅しを受けて身を隠していた。

正妻と妾等との関係は敵対的であるのが普通で、それも正妻が一方的に強い立場での敵対だから、他の女は時として身を滅ぼすことになる。若紫の母親自身がすでに物語のヒロインの資格を有している。これを宮中に移せば桐壺更衣《こうい》の物語となるであろう。

若紫の母親は兵部卿宮の通い所（男が通っていく妾や愛人等の立場の女）であった。したがって、仮に母親が生きていたとしても、若紫は男親の庇護の薄い娘なのだが、さらに母親も死んで、母方での後見は祖母のみという設定である。父親王は、北の方が継娘《ままむすめ》を疎んじているので、母親の死後も若紫を自邸に引き取らぬままになっている。母方に男兄弟（伯叔父）がいれば実質的な後見も期待できるのだが、作者はあくまでも若紫を身寄りのない娘として設定すべく、母方の大伯父は北山の僧都《そうず》一人とした。僧都では若い娘の後見は難しい。

このように若紫の境遇を、非正妻の娘で男の庇護がないと設定した。それで初めて源氏の若紫盗み出しも可能になる。若紫を正妻の愛娘《まなむすめ》として設定することはできない。『落窪物語』のヒロインの設定は極端である。落窪の姫君は中納言の娘だが、その母親は中納言が時々通っていた皇統腹の女君で、今はすでに亡くなっている。それで北の方はその継娘を引き取るのだが、寝殿の端っこの、さらにその奥の落ち窪んだ小さな部屋に住まわせ、女房たちにも「落窪の君」と呼ばせて、夜も寝させずに裁縫等にこき使っている。なお、このような場合、北の方のやり方に口を挟まない（挟めない）気弱な夫という性格設定は継子譚には共通したものである。姫君に対する継母の扱いも父親の無関心も極端で、やや現実離れした設定ではあるが、落窪の姫君の境遇設定は、非正妻の娘は男親の庇護が薄いゆえに恋物語のヒロインになり得るという原則の典型といってもよいであろう。『源氏物語』は『落窪物語』と違って、継母に引き取られた姫君を盗み出す（救い出す）のではなく、その前段階でまだ男女関係を結べない幼い姫君を盗み出す（連れ出す）というのが新機軸である。

また『落窪物語』の現実離れは、男主人公である少将の設定においても極端である。少将は左大将の長男で、母親は北の方。いわゆる嫡男である。「まだ妻《め》もおはせず」、非常な色好みとの評判を取っている男として登場する。中納言邸の女房の噂話でも「御妻《め》は無し」といい、婿にするのにぴったりの人ともいっている。少将の父左大将は後に太政大臣に昇り、少将もまた太政大臣を世襲するから、長嫡子である少将が成人してもなお独身のままで、かつ女を求めて遊び歩いているというのは、かなり不自然な設定である。

少将の年齢は正確にはわからないが、四十歳にならないうちに太政大臣になっており（巻四）、その前年に長男は十四歳とあるので、長男が生まれたのは少将が二十四、五歳の頃であろうか。少将が物語に登場したときは、どう若く見積もっても二十歳は越えて二十二、三歳というあたりであろう。摂関家の長嫡子であれば、本人の意志とは関係なく、元服後早々に親が決めた結婚をするのが普通である。男主人公の設定も現実離れしている。

何ゆえにそのような不自然な設定にしているかといえば、救い出した落窪の姫君を正妻とする構想があるからだ。姫君を救い出した時点ですでに正妻がいたら、姫君は妾扱いとせざるを得ない。救い出された姫君は少将の妾（あるいは愛人）になりました、ではヒロインの幸せはない。これまで幾度も繰り返し述べたように、妾の立場は決して妻に勝ることはないからである。妻から脅しをかけられれば、身を隠さねばならない弱い立場だから、救い出されて妾となっても、決して「めでたしめでたし」ではない。だから、不自然を承知で少将を独身として登場させるのだ。少将が、というより『落窪物語』の作者が「一夫一妻主義」だから落窪の姫君と結婚するまで少将に独身を通させているというのではなく、現実が一夫一妻制だったから、落窪の姫君救出の前に少将に妻（正妻）がいては困るのだ。

落窪の少将と違って、すでに正妻のいた光源氏は、葵の上が死ぬまで若紫とは男女関係をもたない。なぜ葵の上が死ぬまで若紫との男女関係を避けるかといえば、正妻葵の上がいて若紫と源氏の男女関係が始まれば、若紫は正妻がいての妾という待遇になるからである。それでは若紫の幸せはない。逆にいえば、源氏が若紫と結ばれるためには、葵の上(正妻)は死ななければならないということになる。そのことは後にまた触れる。

正妻の娘の物語

正妻の娘をヒロインとする場合は、男女が逢い契る恋愛譚ではなく、女は動かず、男のみが動く、いわゆる求婚譚の型になることは、前に「恋愛物語のヒロイン」(七二頁)の項で触れた。ここでは具体的に例を示して説明しよう。

求婚譚を含む最も典型的な作品は『竹取物語』である。かぐや姫は竹取翁《たけとりのおきな》夫妻の実子ではないが、五人の男たちが求婚しては失敗する話の繰り返しは、物語の型として親に守られた愛娘への求婚譚の原型である。他の作品の中では、『宇津保物語』のあて宮を対象とする求婚譚、『源氏物語』では玉鬘・女三宮の婿選びもこの要素をもっている。『竹取物語』は説明するまでもなかろうから、『宇津保物語』のあて宮求婚譚を取り上げよう。

一世の賜姓源氏である正頼《まさより》は元服時に太政大臣の娘と結婚した。これが正妻のはずだが、その後に女一宮とも結婚する。三条に四町《まち》(一町は四十丈=約百二十メートル四方の区画)の広大な屋敷を造り、太政大臣の娘と女一宮とを住まわせるという、後の光源氏のような生活をしている。大臣の娘には十人、宮には十七人の子が生まれている。正頼は女一宮をより愛したようで、宮とは同じ建物に同居しており、子の数も多い。太政大臣の娘は別の区画に住んで「あなたの北の方」と呼ばれている。一夫一妻制という観点で見ると、つまとしての描写は曖昧ではっきりしないが、本来は妾であるべき女一宮が正妻をさしおいて愛された話ということになる。

さてその女一宮の六番目の娘（正頼の第九女）で「あて宮」と称される娘が、十二歳で裳着をした。あて宮は類《たぐい》まれな美貌との噂があり、親王・参議から大学寮の困窮学生まで、独身者はもとより、妻帯者も、ある者は妻を離縁して、伯父や甥や同母兄をも含む十四人の男たちが次々と求婚してくる。そのあて宮、結局は東宮と結婚することになるが、その結末は求婚譚の途中経過とはほとんど関係がない。

あて宮求婚譚は、男のどたばたを面白おかしく、あるいは嘲弄《ちょうろう》し、あるいはまた求婚者の妻たちの悲劇を織り込みつつ、次々とおかしな求婚者を登場させては失敗させる展開で、男女関係における男の愚かしさ哀《かな》しさが極端なかたちで描かれている。『竹取物語』の求婚譚も同じだが、次々と求婚者を登場させるためには、求婚は必ず失敗させざるを得ず、失敗する求婚はまた喜劇か悲劇かにならざるを得ない。

『源氏物語』の玉鬘求婚譚も基本は『竹取物語』『宇津保物語』と同じであるが、女君が夕顔の遺児として設定されていること、結末が男親役の源氏の思惑を越えて、女君が妻帯者である髭黒大将と「心づからの忍びわざ」に近いかたちで結ばれること、髭黒大将の北の方を紫の上の継母の娘と設定したこと等、長編物語のなかにきちんと組み込まれていて、さすがに作者の構想力の強靭《きょうじん》さがうかがわれる。

女三宮の婿選びも求婚譚の要素を備えていることは明らかだが、婿選びの結末は初めから決まっており、幾人かの候補者たちは源氏に絞り込むための手続きでしかない。しかも、柏木を除けば、求婚者自身よりも女の親である朱雀院の悩みを語ることが話の中心である。その意味では「求婚譚」というよりは、親による「婿選び譚」というべきであろう。

いずれにしても、男親から強く庇護された女の結婚を描こうとすれば、女は動かないかたちでの求婚譚・婿選び譚を構想することになるのは同じである。

妻帯者は妻を離別して求婚する

求婚譚あるいは婿選び譚の場合、父親は娘が男の正妻として遇されることを求めるので、求婚者が独身であるかどうかが問題にされることがある。平安時代の婚姻法が一夫一妻制である以上は、妻帯者と結ばれても新しい女は妾扱いしかされないからである。それで、物語の求婚者にあっても、独身者は独身であることをアピールするし、妻帯者は時として妻を離別して誠意を示そうとする。

『竹取物語』の、龍の頸《くび》の珠《たま》を要求された大伴大納言《おおとものだいなごん》は、かぐや姫を迎えるために贅《ぜい》を尽くした屋敷を新造し、「もとの妻《め》どもは、かぐや姫を必ず逢はむ設けして、ひとり明かし暮らし」たとあり、大納言の失敗を聞いて「離れ給ひしもとの上は、腹を切りて笑ひ給ふ」ともある。「もとの妻ども」と複数形になっているので、もとからいた北の方も通い所もみな離別したのである。「もとの上」と称されているのは、離別された北の方である。大納言は、もし結婚できればかぐや姫を新しい正妻にする、との誠意を見せたわけである。

『宇津保物語』のあて宮求婚譚でも妻の有無が話題になり、旧妻に対する離別が男の愚かさの一つとして描かれている。藤原君《ふじわらのきみ》巻から国譲《くにゆずり》中巻まで延々と続く、宰相源実忠《さねただ》の偏執的懸《け》想《そう》の愚かさと北の方の悲劇とがあて宮求婚譚を貫く縦糸の一本であるが、その源実忠は兵衛《ひょうえ》の君（あて宮の乳母子《めのとご》）を取り次ぎにして何度も和歌を贈る。当然あて宮の返事はない。兵衛の君があて宮の返歌がないわけを「古里《ふるさと》（古くからの妻）」があるとお思いのようですよ」というと、実忠は「衣服の綻びを繕ってくれる女さえもっていないぞ」と答える。「古里」は実忠の古くからの妻の比喩。「ほころび縫はむだにぞ持《も》たらぬ」というのは、正妻はもとより身の回りの世話をする女さえいないとの意である。

だが実は、実忠には北の方（上達部《かんだちめ》の娘。十四歳で実忠と結婚）と二人の子がいた。誠意を見せるために嘘《うそ》をついたのだが、実際にもあて宮に懸想し始めてからは妻（父邸に居住）をまったく訪れなくなっていた。実忠としては北の方とは離別したつもりだったのだ。十三歳の男児は父親から見捨てられたと思い、将来を悲観して病となり、父を恋いつつ死んだ。実忠の訪れの絶えた屋敷には、実忠とは離別したと思った他の男たちが言い寄ってくるので、北の方は屋敷を出て、比叡山の麓に身を隠す。だが、実忠はそれらのことも一切知らないまま、ひたすらあて宮に懸想を続けている。

求婚者の一人である上野太守頼明《こうずけのたいしゅよりあきら》親王は偏屈な男だが、自分も左大将正頼家の婿になりたいと考え、妻を追い払って、正頼から婿にとの声がかかるのを待つが、正頼の娘たちはみな他の男と結婚する。そこであて宮にこそと求婚するが、返事はない。周囲の人々の無責任な入れ知恵に従って散財を繰り返し、あげくには博徒の策に乗り、あて宮略奪を企てるが、それを聞いた正頼は、逆に家人《けにん》の娘を身代わりに仕立てて親王を欺く。偽ものと知らない親王は、その女を「北の方」として満足して暮らす。まったくの笑い話ではあるが、求婚にさいして妻を追い払い、独身となっているのは、やはり誠意の表し方であり、結婚できれば北の方扱いするとの意志表示である。

三春高基《みはるのたかもと》は、皇子ながら母が卑しい身分だったので、三春の姓を賜った男である。妻を設けず、使用人も使わない吝嗇家《りんしょくか》である。大臣になって、独身というわけにもいかないので、物を食べない女をと思い、富裕な市女《いちめ》を北の方とした。しかし、市女は男のあまりなケチぶりにあきれて家を出て行った。そのうち高基は、朝廷に仕えていては出費が多いとて大臣を辞し、替わりに美濃《みの》国を賜って暮らしていたのだが、何を思ったか、どうしてもあて宮を得たいと思い、大邸宅を購入し財を尽くして改築した。そこで、あて宮に仕える宮内《くない》の君なるものを召して、

このように「独り住み」しているので、私の屋敷にお越しなさいませんか、女房たちにも不自由な思いはさせません。

と伝言を依頼する。願いが聞き入れられない高基はさらに、親が娘を結婚させるのは親の費えをなくすのが趣旨ではないか、女は若いときに、蓄えがあり経済力ある男と一緒になって、主婦らしくなり、家には無い物がないというようになってこそ将来も安心なのだ、浮薄な男は後で苦労する、と宮内の君を相手に弁舌を振るっている。結局、高基は相手にされず、世をはかなんで、あちこちにあった邸宅に自ら火を放ち、山に籠もってしまう。

あて宮求婚にさいして、妻帯者だった者が北の方を離別し、「独り住み」になって求婚し

ているのは、現に北の方がいれば、新たな女は北の方としては待遇され得ないという一夫一妻の法的社会的制約があったことの反映であろう。「独り住み」は、必ず正妻（北の方）にするとの誠意をかたちにして示す手段だったのだ。宮内の君も、高基の「なぜ色よい返事がないのか」との追及に、

「（高基には）現在は北の方もいらっしゃらず、お独りです」と大宮（あて宮の母親）には申し上げたのですが……

と弁解しているのは、独身であることが最愛の娘の求婚者としての重要な条件であったことを示している。

髭黒大将は北の方を離別した

『源氏物語』の玉鬘求婚譚においても同じことがいえる。求婚者の一人、兵部卿宮（源氏の弟）について、「年頃おはしける北の方も亡《う》せ給ひて、この三年ばかり独り住み」で寂しがっていたので、このたびは遠慮なく玉鬘への思いを漏らした、と地の文で紹介されているが、宮には通い所も召人も数多いとの噂があると、源氏は

いっている。召人はいうまでもなく、通い所（妾や愛人など）があっても、それらは妻ではないから、北の方を亡くした兵部卿宮は「独り住み」なのである。

髭黒大将について源氏は、玉鬘の前で「大将には長年連れ添った北の方がいる。その年老いているのを疎ましく思う気持もあって、ここに求婚してきているようだ。それを周りの者たちもやっかいがっているらしい。さあて、どうしたものか」と、悩む素振りを見せる。髭黒大将の北の方は紫の上の異母姉なので（図7参照、七六頁）、大将を婿とすれば、紫の上の継母に意地悪するかたちになる。実際にも、髭黒大将が玉鬘と結ばれ、北の方が離別されて実家に帰った後、北の方の母親（紫の上の継母）は、これは紫の上の意趣返しの陰謀だと怒っている。

さて、意外にも、髭黒大将は源氏を出し抜いて玉鬘のもとに忍び込んだ。妻帯者であることは求婚者として決定的に不利な条件なので、その不利を逆転させるために、髭黒大将としては「忍びわざ」に頼る以外になかったのだ。源氏は事を荒立てるのは玉鬘の疵にもなるからと、目をつむって髭黒大将を婿として迎えた。しかし、そのままでは玉鬘は妾扱いになるから、まもなく髭黒大将は北の方の婚主にあたる父式部卿宮《しきぶきょうのみや》（元の兵部卿。今は式部卿になっている）との話し合いを試みたうえで、北の方とは完全に離縁し、玉鬘を正式な北の方としている。

女三宮の婿選びにおいても、本来なら朱雀院は独身である柏木を選ぶのが穏当なのだが、作者の構想は源氏と結婚させることにあるから、まだ身分が足りないという理由で柏木を候補から外してしまう。夕霧については、独身のときに声をかければよかった、今はしっかりした妻がいるからと、すぐに諦める。光源氏にも古くからの女がいることは同じだが、朱雀院は紫の上を正式な妻（正妻）とは認めていないらしい。玉鬘の求婚者であった兵部卿宮に通い所がたくさんあっても「独り住み」と見なされていたように、朱雀院もまた源氏を「独り住み」と見なしていたのであろう。だから、鍾愛《しょうあい》の女三宮を源氏に託したのである。

求婚あるいは婿選びにおいて、男が独身であるかどうかにこだわるのは、娘の結婚後の扱われ方がどのようになるかと直結しているからである。そして最上流貴族は、娘が妾扱いされるのを決して望まない。物語における、前述のような登場人物の言動、あるいは作者の構想は、平安時代の現実である法的な一夫一妻制の反映である。

第三章　光源氏をめぐる女性たち——若紫との新枕まで

1　『源氏物語』の基本構想と人物設定

『源氏物語』を貫く三つの流れ

『源氏物語』の全体構造を考えるとき、桐壺巻から藤裏葉巻までを第一部、若菜上巻から幻巻までを第二部、匂兵部卿《におうひょうぶきょう》巻から夢浮橋《ゆめのうきはし》巻までを第三部と、三部分に分けるのが一般的な考え方である。第一部と第二部は光源氏が主人公、第三部は薫・匂宮《におうみや》が主人公なので、第一部・第二部を正編、第三部を続編とすることもある。これから本章で述べようとしているのは、第一部・第二部（正編）に関する婚姻制度と物語の構想・人物設定との関係である。

『源氏物語』正編には物語を貫く三つの流れがある。桐壺巻から幻巻までは、光源氏の誕生から死まで時間の流れに沿って物語が進行する一代記の要素を備えている。これが『源氏物語』の枠組みを形成する柱となる「光源氏の一代記の流れ」である。二つめは、恋愛物語としての源氏と紫の上との出会い（若紫巻）と死別（御法《みのり》・幻巻）の流れ。これは「紫のゆかりの流れ」といえる。その源として源氏の藤壺女御《にょうご》への思慕があり、密通して冷泉帝《れいぜい》が生まれる。これが「藤壺と冷泉帝とをめぐる流れ」であり、これは源氏の一代記に寄り添い伏流しつつ流れて、源氏を准太上《じゅんだいじょう》天皇に導くことになる。この三つの流れが『源氏物語』正編の枠組みを形成している。さらにその地下水源に桐壺帝と桐壺更衣の物語があるが、本書ではそこには触れない。

右のことを概念図として描けば九二・九三頁の図8－A・Bのようになる。紙幅の都合により「源氏物語（第一部）を貫く三つの流れ」と「紫のゆかりの流れ」を取り出して詳しく描いた「紫の上が「つま」としての幸せをつかむ物語の流れ」とに分けている。図8－Aは光源氏が准太上天皇に至るまでを中心とする三つの流れ、図8－Bは紫の上の「心づからの忍びわざ」で始まった源氏との関係が世間的に北の方と同じ扱いを受けるに至る物語の流れである。

『源氏物語』の登場人物はこの三つの流れに何らかのかたちで繋《つな》がっており、その繋がり方によって『源氏物語』の中で果たすべき役割が決定される。そしてその役割にしたがって性格・行動等が緻密に設計されている。

なお夕顔・空蟬《うつせみ》・末摘花《すえつむはな》・玉鬘《たまかずら》などは一代記の流れの中のエピソードというべき女性たちであり、藤壺や紫の上の流れに直截《ちょくせつ》には関与しない。

ちなみに、「紫の上」は「紫のゆかり」に由来する。紫は紫草《むらさきぐさ》。『伊勢物語』四十一段、姉妹がいて、一人は身分の低い貧しい男を、一人は高貴な男を夫としてもっていた。貧しい方の女が夫の上着を洗い張りしていて破ってしまった。どうしようもなくて泣いていると、高貴な男がこれを聞いて気の毒に思い、綺麗《きれい》な上着を贈った。それに添えた歌に

紫の色濃きときはめもはるに野なる草木ぞ分かれざりける

(訳)紫草の色が濃いときは、遥かに見えるかぎり、野にある草木は紫草と見分けがつかないことだ。

とあった。これは『古今集』巻十七の読人しらずの

紫の一本《ひともと》ゆゑに武蔵野の草はみながらあはれとぞ見る

(訳)ただ一本の紫草ゆえに、武蔵野の草はどれもみな愛《いと》しいと思う。

図8-A　源氏物語（第一部）を貫く三つの流れ

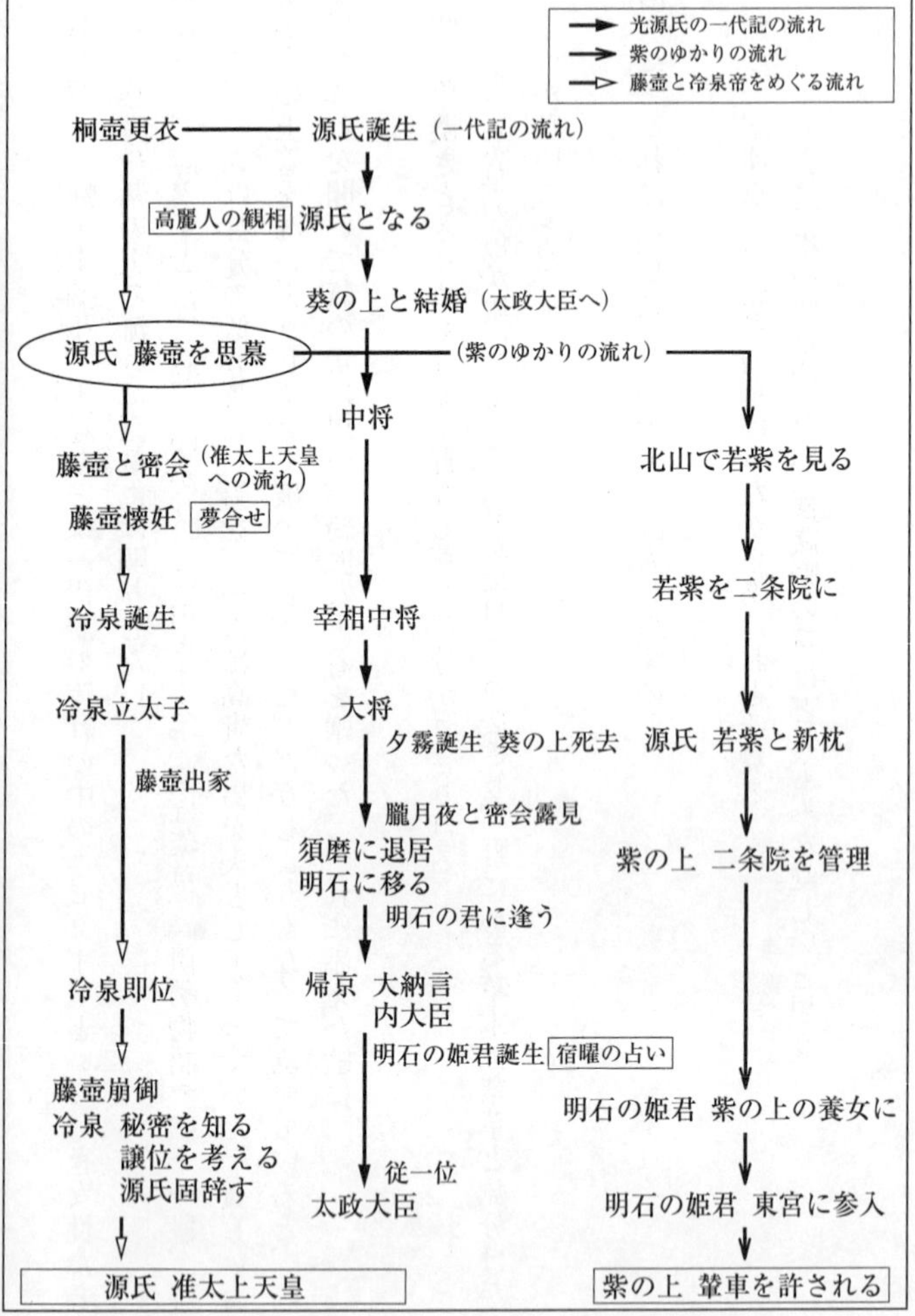
光源氏の一代記の流れ
紫のゆかりの流れ
藤壺と冷泉帝をめぐる流れ
桐壺更衣
源氏誕生（一代記の流れ）
高麗人の観相
源氏となる
葵の上と結婚（太政大臣へ）
源氏 藤壺を思慕
（紫のゆかりの流れ）
中将
藤壺と密会（准太上天皇への流れ）
藤壺懐妊
夢合せ
北山で若紫を見る
若紫を二条院に
冷泉誕生
宰相中将
冷泉立太子
大将
夕霧誕生 葵の上死去
源氏 若紫と新枕
藤壺出家
朧月夜と密会露見
須磨に退居
明石に移る
紫の上 二条院を管理
明石の君に逢う
冷泉即位
帰京 大納言
内大臣
明石の姫君誕生
宿曜の占い
藤壺崩御
冷泉 秘密を知る
譲位を考える
源氏固辞す
明石の姫君 紫の上の養女に
従一位
太政大臣
明石の姫君 東宮に参入
源氏 准太上天皇
紫の上 輦車を許される

図8-B　紫の上が「つま」としての幸せをつかむ物語の流れ

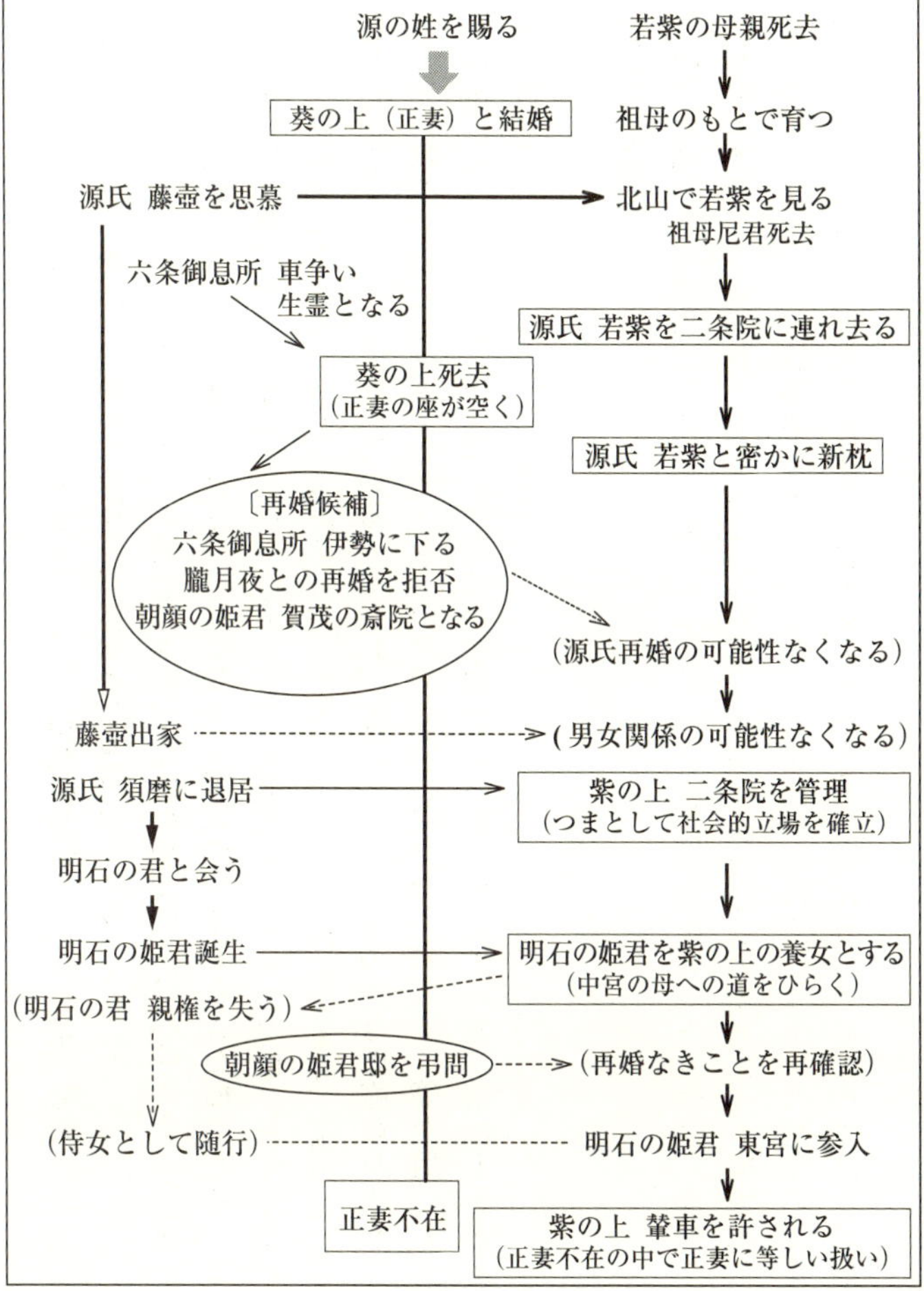
源の姓を賜る
葵の上（正妻）と結婚
若紫の母親死去
祖母のもとで育つ
源氏 藤壺を思慕
北山で若紫を見る
祖母尼君死去
六条御息所 車争い
生霊となる
源氏 若紫を二条院に連れ去る
葵の上死去
（正妻の座が空く）
源氏 若紫と密かに新枕
〔再婚候補〕
六条御息所 伊勢に下る
朧月夜との再婚を拒否
朝顔の姫君 賀茂の斎院となる
（源氏再婚の可能性なくなる）
藤壺出家
（男女関係の可能性なくなる）
源氏 須磨に退居
紫の上 二条院を管理
（つまとして社会的立場を確立）
明石の君と会う
明石の姫君誕生
明石の姫君を紫の上の養女とする
（中宮の母への道をひらく）
（明石の君 親権を失う）
朝顔の姫君邸を弔問
（再婚なきことを再確認）
（侍女として随行）
明石の姫君 東宮に参入
正妻不在
紫の上 輦車を許される
（正妻不在の中で正妻に等しい扱い）

という歌の趣意を踏まえて詠んだものである。この『伊勢物語』と『古今集』の歌により、紫草は血縁関係（『伊勢物語』の場合は姉妹）の比喩として用いられるようになった。

紫の上の場合は、「一本の紫（紫草）」が藤壺であり、北山の少女はその「ゆかり」（血縁の者。紫の上は藤壺の姪）ゆえに、藤壺の身代わりとして光源氏に引き取られたのである。だから、かの女性を「紫の上」と呼ぶことは、ほとんど〈藤壺の身代わりの奥様〉と呼んでいるに等しい。紫の上にとっては忌むべき呼称なのだが、どういうわけか、本文（地の文）でも途中（初出は蛍巻）からそう呼んでいる。ただし、源氏にとって紫の上は藤壺の身代わりであることを、物語中の人々は知るはずもないので、会話文では「対の上」等を用いて、「紫の上」は用いないというかたちで、作者は物語構想上の配慮をしている。紫の上を考えるときには留意すべきことの一つである。

基本構想と人物設定

『源氏物語』正編の基本構想は時間軸に沿った光源氏の一代記のかたちをとりつつ、藤壺への思慕を起点とする二つの流れ、すなわち、一つは、光源氏が藤壺との密通により准太上天皇に至る流れ、いま一つは、庇護者もおらず、正妻（嫡妻）でもなく、子もいない紫の上が源氏のパートナーとなって北の方に等しい世間的な幸福をつかむ流れ、この二つの流れが桐壺巻の観相と澪標《みおつくし》巻の宿曜《すくよう》の占いによりあらかじめ定められた着地点に向かって進行してゆく。登場人物は必ずこの流れを進めるように設定されている。それゆえ結果的には、光源氏にかかわる者はみなその犠牲になる。

源氏にかかわる女性はみな不幸になる。

という人物設定上の制約が生じることになる。だから、第一部では紫の上を除いて、という結果になる。

平安貴族女性の世間的幸せは「妻（正妻）」であることが絶対条件である。だから、「妻」ではない紫の上の「つま（連れあい）」としての幸せを語るためには、常に他の女よりも愛されていることを示し続ける必要がある。それゆえ、源氏と関係する女はみな最後には源氏と別れなければならない。一夫一妻制の婚姻制度の中で立てられた、紫の上のつまとしての扱いについての基本構想に由来するおのずからの結果である。

その最初の源氏の犠牲が左大臣家であり、紫の上の犠牲が葵《あおい》の上である。なぜ左大臣家が犠牲になるのかを見てみよう。

2 左大臣の娘（葵の上）との婚姻

光源氏の運命

光源氏の生涯は、桐壺巻の高麗人《こまうど》による謎めいた観相、若紫巻の藤壺の生んだ皇子が源氏の子であることを確信させた夢合せ、そして澪標巻で回想される宿曜の予言、すなわち子は三人生まれ、一人は帝に、女は后に、いま一人は太政大臣として位を極めるだろうという予言によって導かれている。物語の中の予言や夢合せは必ず実現するというのが物語の約束事でもあるから、その予言が構想に組み込まれた時点で、光源氏の生涯は定まったといってよい。その作者の構想に従って登場人物は動かされる。

まず最初の桐壺巻の高麗人の観相を見てみよう。桐壺帝は更衣との間に生まれた皇子（光源氏）を皇位継承権のある親王とすべきか、それとも臣籍に下すべきか、思い迷っている。それで、ちょうど来朝した高麗人の中に優れた人相見がいると聞いて、正体を伏せたまま皇子を観相させたところ、

国の親となりて、帝王の上《かみ》なき位に昇るべき相おはします人の、そなたにて見れば、乱

れ憂ふることやあらむ。朝廷《おほやけ》の固めとなりて、天《あめ》の下《した》を輔《たす》くるかたにて見れば、またその相違《たが》ふべし。

といって、何度も頸をかしげて不思議がった。「帝王になるはずの相のある人だが、帝王として見てみると国が乱れ民が苦しむことがあるかもしれない。帝王ではなく、朝廷の柱石となって天下の政治を補佐するものとして見てみると、それも相が違うようだ」という、不思議な観相であった。

では、いったい光源氏の生涯はどのような結末になるのか。それが読者に投げかけられた謎である。その意味で『源氏物語』はミステリーの要素を備えている。ただ、現在の読者の多くは、光源氏が「太上天皇に准《なずら》ふ御位」に至ることをあらかじめ知っているので、ミステリーの要素はなくなっているのではあるが……。

おそらく紫式部には、后との密通で生まれた子が皇位に即《つ》き、その父親が臣下のまま我が子を補佐し、遂には天皇の実の父親であることをもって「太上天皇に准ふ御位」に至るという着地点を考え得たときに、『源氏物語』の長編構想は出来上がったのである。遡《さかのぼ》って、そのストーリーの出発点に一つの謎、光源氏が天皇でもなく臣下でもないという不思議な宿運をもつ者という謎を置いたところが、物語作家としての意匠である。

葵の上との結婚

さて、相人《そうにん》の言葉にあった「乱れ憂ふること」については、この御子が皇子であることを伏せて右大弁《うだいべん》の子と思わせての観相依頼だったので、この子が帝位に即けば皇位簒奪《さんだつ》ということになり、それで相人はそのようにいっているのだという解釈もあるのだが、おそらく相人が光源氏の正体を知っていたかどうかには関係なく、桐壺帝はこれを聞いて弘徽殿《こきでん》女御方との皇位をめぐる争乱を思ったであろう。それで桐壺帝は別に大和相《やまとそう》の判断をも勘案して、皇子を皇位継承権のない源氏とした。

賜姓源氏として生きていくからには、おのずから政治世界での栄達をはかることになる。そのためには政治的後見人が必要なのだが、光源氏の母方の祖父である大納言はすでに歿しており、有力な後見者はいない。桐壺帝としても、天皇としてまず第一に重んずべきは弘徽殿女御の皇子である東宮だから、光源氏への後見にも限度がある。そこで桐壺帝は、光源氏の後見者として左大臣（左大臣の北の方は桐壺帝の妹宮）をと考えたらしく、源氏の元服の加冠役を左大臣に依頼した。

その左大臣は、競争相手である弘徽殿女御方（右大臣方）が次の政権を掌握しそうな成り行きで、右大臣家から左大臣の娘を東宮（後の朱雀《すざく》帝）にとの申し入れもあったのだが、思うところがあって、その大切に育てた娘を源氏と結婚させようと考えた。左大臣がその意向を桐壺帝に漏らすと、「さらば、この折の後見《うしろみ》なかめるを、副臥《そひぶし》にも」と、元服の日の夜にそのまま左大臣の娘と結婚することになった。これが正妻葵の上である。

副臥とは、一般的には添い寝をすることであるが、とくに元服した夜に妻として添い寝をする役の女性を指すことがある。重明《しげあきら》親王の日記『吏部王記《りほうおうき》』延喜十二年（九一二）十月二十二日条に「保明《やすあきら》親王元服の夜、故左大臣時平《ときひら》の女《むすめ》、参る。俗に謂《い》ふ副臥か」とあるのはその例である。

もとより物語は法的な手続きを語らないが、親と親とが決めた正式な結婚である。光源氏は十二歳、左大臣の娘は十六歳だった。戸令《こりよう》の婚姻年齢の規定では、男は十五歳、女は十三歳。戸籍が編成される以上は、必ず何らかの措置（例えば、実際の編戸《へんこ》手続きは遅らせた等）が必要になるが、作者は物語としてどのように処理していた（どのように処理するものと想定していた）のか、細部を詰めようとすれば、問題になるところである。

左大臣の娘とは親同士の決めた正式な結婚をしたから、一妻制のもとではこれ以後源氏と関係する女性たちは「妻」にはなり得ない。そのような制約の中で、作者は、源氏と若紫をどのようなかたちで出会わせ、そしてどのようにして若紫を北の方に等しい世間的な幸せに導いていくか。それが『源氏物語』の恋愛物語としての構想の核である。

若紫が源氏の最愛のパートナーとして登場するためには、いずれ葵の上は障碍《しょうがい》となる。その障碍はどうしても排除されなければならない。その意味で、葵の上は初めから排除される者として源氏と結ばれている。

左大臣の選択

左大臣が大切に育てていた娘を東宮ではなく源氏と結婚させたのは、もしこれを物語ではなく歴史事実として考えれば、左大臣としてはあり得ない選択であり、左大臣家を衰退に導く決定的な判断ミスである。

物語の中でも、朱雀帝即位後はその外戚である右大臣方が政権を掌握したように、外戚関係の確保を第一に目指さなければならない。そのためには娘を後宮に入れなければならない。だから源氏も、前斎宮《ぜんさいぐう》（六条御息所《ろくじょうのみやすどころ》の娘）や明石の姫君を次々と入内《じゅだい》させたのだ。だが、左大臣はそうしなかった。それは政権掌握の意志を放棄したことを意味する。東宮ではなく源氏を選んだのは、源氏の将来を見込んだゆえであろうが、すなわちそれは左大臣家を犠牲にして源氏の政権掌握を後援することにほかならない。紫式部が、源氏を太政大臣・准太上天皇とし、その嫡男夕霧をも太政大臣とする構想を立てたとき、左大臣家が源家の風下に立つことは決まっていたのである。

源氏との婚姻決定の経緯についても、「左大臣が東宮からの要請にも受諾を決めかねていたのは、前から娘は源氏に差し上げようと思っていたからだったのだ」とあるのみで、何ゆえに源氏なのかの判断理由は作者によって回避され、大臣の北の方が桐壺帝の妹であるという血縁の設定によって、読者は左大臣の判断をとくに疑問には思わない。物語は作り事だから、作者は巧みに人間関係を設定し、左大臣の政治的思考回路を遮断して、左大臣の娘を源氏との結婚に導いてゆく。

虚構である『源氏物語』の登場人物は、作者の意図から離れて自由に考え行動することはない。平安時代の読者には、左大臣の選択の不自然さは直ちにわかるにちがいないが、左大臣の婿君選択の経緯を読んで、これで源氏の将来は一安心だと感じれば、作者としてはまずまず読者を騙《かた》りおおせたことになる。

光源氏の事情

第二章2節の「女の環境と恋愛物語の型」（六九頁）で述べたが、光源氏のような立場の男が自らの判断で初めての正式な結婚相手（すなわち正妻）を選ぶという筋立てを設定すれば、その物語はまったく現実味がなくなる。将来を約束された摂関家の御曹司《おんぞうし》がそれをすれば、『落窪物語』や『狭衣物語』のような現実離れした筋立てにはなるが、ともかくも幸福な恋愛物語として何とか辻褄《つじつま》は合わせられる。だが、母方に後見者のいない一世源氏（天皇の皇子である源氏）が、これまた母方には後見者がおらず父からは見捨てられている娘を自らの意志で正妻とすれば、おそらくその男は平安貴族社会で政治的社会的に活躍することはできない。

だから、光源氏を母方の援助が期待できない境遇と設定した以上、源氏の結婚では有力者との縁故形成を目指すのが、物語として最も自然なかたちだった。桐壺帝が左大臣に源氏の後見を託すという筋立てにしたのは、当時の政治世界の常識に添った展開である。

こうして源氏は、左大臣家の娘と結婚することにより、中将、宰相中将というエリートコースを経て太政大臣へと至る道を歩き始めた。准太上天皇は藤壺との密通による結果だが、藤壺との密通だけでは政治家としての道を切り開くことはできない。身近な血縁者に後援を期待できない光源氏にとって、大臣家との婚姻は「朝廷《おほやけ》の固めとなりて、天の下を輔くる」にはどうしても必要な踏台であった。

3 葵の上との死別――正妻の座が空いた

藤壺への思慕が若紫に向かうとき

光源氏は左大臣の婿となって政界を歩み始めたが、葵の上との結婚は前述のような事情によるから、互いに愛情があったわけではない。源氏は葵の上と結婚しても、いつも心に藤壺を慕い続けていた。桐壺巻の巻末近くに、

源氏の君は、上《うへ》の常に召しまつはせば、心やすく里住みもえし給はず。心の内にはただ藤壺の御ありさまをたぐひなしと思ひきこえて、さやうならむ人をこそ見め、似る人なくもおはしけるかな、大殿《おほいどの》の君、いとをかしげにかしづかれたる人とは見ゆれど、心にもつかず覚え給ひて、幼きほどの心ひとつにかかりて、いと苦しきまでぞおはしける。

と、「藤壺のような人と暮らしたい、左大臣の姫君は綺麗で大切に育てられた人とは見えるが、心にしっくりこない」と感じられて、ひたすら藤壺を恋い慕い、それゆえに、結婚後も内裏で過ごすことが多く、内裏で五、六日、左大臣邸は二、三日という逆転した日々を送っている。

この藤壺への思いが直截に藤壺に向かったとき、密通、御子の誕生、御子の即位、秘密の漏洩《ろうえい》、源氏の准太上天皇へと至る流れとなる。「ゆかり」として故大納言の娘（若紫）に向かったとき、紫の上との愛の物語となる。

若紫を見出す

夕顔の女が物怪《もののけ》に取り殺されるという出来事（夕顔巻）の後、瘧病《わらわやみ》をわずらった源氏は、北山の行者のもとに加持《かじ》を受けに出かける（若紫巻）。そこでたまたま十歳ばかりの若紫を垣間見る。このあたりは古典の教科書にも必ず採られているところなので、こまかい説明は不要であろう。源氏は若紫に目を引きつけられる。きれいな顔立ち、あどけなく掻《か》きやっている額髪、髪のさまがひどくかわいい、大きくなったらどんなに……と。そして気づく。ああ、こんなに見つめてしまったのは、あの方にとてもよく似ているからなのだ、と。そう気づいたとたん、涙がこぼれた。源氏は宿坊に帰ってからも、昼間のことを思い返し、

いとうつくしかりつる児《ちご》かな。何人《なにびと》ならむ。かの人の御かはりに、明け暮れの慰めにも見ばや。

（訳）とてもかわいい子供だったなあ。どのような人なのだろう。あの人の代わりに、せめて明け暮れの慰めにも見たいものだ。

と思う気持が心に深く生じた。

源氏はこの子の素姓を確かめ、藤壺の姪であることを知り、藤壺の代わりに手許《てもと》に置きたいと強く思い、若紫の大伯父にあたる僧都《そうず》に若紫の後見を申し出る。僧都は「妹（若紫の祖母）と相談して御返事しましょう」というので、源氏は直截に僧都の妹であり若紫の祖母である尼君に意向を訴える。男が若い女を「後見」するといえば、男女関係を含むことは大前提となる。それで、尼君は、孫娘はまだ幼いのに、何か聞き間違いしているのではないかと思い、源氏の熱心な申し出にも気を許した返答はしない。

源氏は僧都に対して、自分のことを「行き通っている所（行きかかづらふ方《かた》）もあるにもかかわらず、男女の仲には心が向かないのでしょうか、考えるところがあって、独り住みばかりして過ごしています」と、あたかも独身であるかのように説明している。「かかづらふ」は関係するの意だが、好ましくないことにかかわるという意味あいがある。僧都に対して誠意をアピールするためではあるのだが、源氏の本心でもあろう。男女の仲に熱心になれないから同居していないのだともいう。左大臣には聞かせられない言葉である。

第二章2節の「妻帯者は妻を離別して求婚する」（八二頁）の項で説明したが、この源氏の言い方は、新しい女に誠意を見せようとするときの常套《じょうとう》手段である。これを聞けば、源氏は孫娘（若紫）と男女関係を求めているのだと理解すべきだから、僧都も尼君も、源氏は孫の年齢を誤解している、と思うのは当然なのである。

源氏は、病癒《い》えて六条京極わたりの自邸にもどっていた尼君のもとを訪れ、なおも熱心に説得を試みるが、尼君の返答は変わらない。ただ、老いて死の近い尼君には、若紫の行く末は大きな悩みでもあるから、「もしお気持が変わらないようであれば、結婚できる年齢になったら、必ず人数に加えてください（かならず数まへさせ給へ）、ひどく心細い状態で残しておくのは、極楽往生の妨げと思われます」という。この言葉が幼女連れ出しの免罪符ともいうべき役割を果たしている。源氏に対しても読者に対しても、その効果をもっている。尼君は誤解にもとづくと思いつつも、源氏の願いを受け入れた、だから、もし尼君が長生きしていれば、ためらわず孫娘を源氏に託したであろう、と読者に思わせるからである。作者紫式部はぎりぎりのところで源氏の若紫連れ出しに正当化（弁解）の余地を与えている。

さて、尼君（若紫の祖母）の死去により母方の庇護をまったく失ってしまった若紫は、父兵部卿宮《ひょうぶきょうのみや》に引き取られることになった。父親に引き取られてしまえば、いくら外腹の娘でも盗み出すのは難しい。正面から申し込んでも、父である兵部卿宮が、十歳ばかりの娘を十七、八歳の源氏に託すはずがない。それで源氏は兵部卿宮が迎えに来る前に、父親の兵部卿宮にも何もいわず、若紫を強引に連れ出し、誰とも知られぬように手配して、二条院の西の対《たい》に住まわせた。

いま若紫は十歳ばかりだから、まだ男女の関係は発生し得ない。戸令では女子の婚姻可能年齢は十三歳。実際に男女の関係が始まったのはこの四年ほど後だから、若紫は十四、五歳になっている。それまでの四年が若紫への教育期間であり、源氏にとっては、藤壺との密会から御子の誕生、そして立太子に至る諸事件の継起する期間にあてられる。

葵の上は身を引かなければならない

引き取られた若紫は、いずれ源氏と男女の関係を結ぶことになる。当時の婚姻制度は一夫一妻制だから、現在と同じで、夫（源氏）が妻（葵の上）を離縁しないかぎり、他の女は妻にはなれない。もし葵の上が正妻のまま生存していたら、若紫は正妻がいる男の思い人（法的にいえば妾）という立場になる。妻の座は離婚しないかぎり愛情等によって左右されることはないので、つまとしての社会的な立場は目に見えるかたちで二番目である。

正妻がいての妾だとなれば、正妻の性格によっては、夕顔がそうしたように身を隠さなければならない。愛人である六条御息所は葵の上方から辱めを受け、それが生霊《いきりょう》となる直截の切っかけとなった。大臣家に守られた正妻葵の上に、紫の上は太刀打ちできないであろう。源氏の愛情では解決できない問題なのだ。第二部の女三宮《おんなさんのみや》降嫁はそのような妻妾の関係を紫の上にあらためて設定したものである。正妻女三宮降嫁後の紫の上がそうしたように、紫の上は常に正妻に遠慮しつつ暮らさなければならない。妻に遠慮しつつ暮らす妾の立場は、ヒロインにとって幸せな状態だとは決していえない。

葵の上を源氏から切り離す最も簡単な方法は棄妻（離婚）であるが、それはまず不可能である。源氏と葵の上の婚姻は両方の父親が決めた。棄妻の場合も、いま現に桐壺帝も左大臣も生きているから、その承諾が必要である。二人が棄妻を承諾するという筋書きは不自然すぎて問題にならない。これまで源氏のわがままを見逃して庇護してきた左大臣に対して、好きな人と結婚したいので妻を離婚しますといえば、源氏の人間性も疑われよう。それは物語の主人公としてふさわしくない。多少とも物語に現実味をもたせようとすれば、作者紫式部には棄妻という選択肢はない。

だからといって、正妻葵の上をそのままにしておくこともできない。そうすると、作者には「葵の上は死ぬ」という選択肢しか残されていない。ではどのようにして葵の上を死なせるか。その役割を課されて登場するのが六条御息所である。

葵の上の役割

六条御息所のことを説明する前に、物語における葵の上の役割とそれにともなう性格設定について述べることにしよう。それが六条御息所との車争いにも関連してくる。

葵の上の役割は二つある。一つは、婚姻により源氏を左大臣家と結びつけ、左大臣家を源氏の政治的後見者とすること。いま一つは、源家の後継者となるべき男児を生むこと。この男児を生む役割は夕霧の誕生で果たされる。

摂関時代、家として政権の掌握を志すなら、男児と女児が必要である。男児は家の継続のため、女児は後宮に入れて外戚関係を形成するためである。この二人がいなければ、政権の掌握と維持は難しい。だから、光源氏にも男児と女児とが必要なのである。

紫式部は、紫の上には、庇護者がいない、正式の結婚ではない、子が生まれないという設定を考えている。「子は鎹《かすがい》」という諺《ことわざ》もあるように、子がいれば、その親である男女は愛情に関係なく父親母親として結ばれている。それでは愛情のみによって結ばれた男女の物語にならない。だから、紫の上には子を生ませられない。それで、葵の上に男児を、明石の君に女児を生む役を割り振った。明石の君のことは後にあらためて詳述する。

役割にともなう性格設定

正妻が男児を生むのは何の問題もないのだが、しかし、源氏が葵の上と親しくなりすぎては困る。若紫と新枕《にいまくら》を交わす前に、源氏は藤壺に心を奪われており、そのうえ正妻葵の上にも深い愛情を注いでいたというのでは、身代わりとして引き取られた若紫があまりにも哀れである。だから、紫式部は源氏と葵の上とが親密にならないようにさまざまの工夫をした。

まずは源氏と葵の上とを同居させなかった。摂関時代、正式な夫婦は同居するのが原則であった（第一章参照）。源氏は同居せず、しかも左大臣邸への訪れも頻繁ではなかった。同居すれば、親の決めた結婚であっても、自然と情は湧くであろう。それを作者は避けたのである。一夫多妻制説でいうような夫婦不同居の慣習があったのではなく、物語の構想上の必要で同居を避けたのだ。その不自然さをやわらげるために、桐壺帝がいつも側《そば》に召して放さないとか、藤壺に逢いたくて声を聞きたくて内裏にばかりいるとかの理由が必要だったのだ。

さらに葵の上の性格も源氏になじまないように設定している。女が四歳程度の年上というのはさほど問題になることでもないようだが、新婚当初から葵の上に自分は若々しい源氏に似つかわしくなく気後れすると感じさせている。性格はひどく高慢で、男女の情を解さない情のこわい女と設定された。葵の上の方からは源氏に近づかないようにする工夫である。

例えば若紫巻、源氏が北山から帰って左大臣邸を訪れても、葵の上はいつものように隠れていてすぐには顔を見せない。父親が懸命に説得してやっと姿を見せるが、絵に描いた姫君のようにピクッとも動かないで坐っている。源氏が寝室に入っても、葵の上はなかなか来ない。源氏は、声をかけくたびれ、溜息《ためいき》ついて臥《ふ》すにつけても、不愉快なのか、眠そうなふりをして男女の仲のあれこれに心を乱している。葵の上が死んだ年、源氏は二十二歳とされている。十二歳で結婚しているから十年余を夫婦として過ごしているのだが、その六年目（若紫巻）でも二人の仲は一向に近づく気配がない。

この後、同じ若紫巻で藤壺との密会があり、懐妊が語られ、そして若紫の二条院への連れ出しがある。その流れを促すために葵の上との仲は疎遠さが強調されているのである。源氏が若紫を連れ出すその夜も「例の、女君、とみにも対面し給はず」であり、「例の、渋々に心も解けずものし給ふ」というありさまであった。

客観的に見れば、葵の上のこのような対応は源氏に大きな責任があるのだが、物語は源氏の責任を問わない。問えば若紫が登場できない。だから、かえって葵の上の性格の非を言い立てる。紅葉賀《もみじのが》巻、二条院に女を迎えたようだとの噂が左大臣邸にも伝わった。葵の上はそれを聞いて不愉快に思う。ところが、源氏は「すなおに恨み言をいえば、こちらも隔て心なく説明して慰めてさしあげるのに、こちらが思ってもいないような曲解をしているのが不愉快で、それでとんでもない浮気事も起こるのだ」と考えている。浮気の責任は、すなおでない葵の上にあると、源氏は思っている。

源氏としても、自分の心のあまりに異常な浮気のせいでこのように恨まれるのだ、との反省はあるのだが、葵の上は世評の高い大臣が内親王腹に生まれた一人娘をかしずくように大事に育てた、その心驕《こころおご》りがとてもひどくて（御心おごりいとこよなくて）、源氏がすこしでも粗略な扱いをすると「めざまし（無礼な）」と思うのを、源氏は源氏で、いつも「どうしてそこまで」との対応をする、その二人の心が隔ての壁となっていると、物語はいう。葵の上との不和を記した後には、きまって若紫や藤壺のことが語られる。実は、若紫や藤壺のことを語るために、葵の上との不和を語っているのである。葵の上の性格設定は源氏と不和を生じるように作られている。そしてその「御心おごり」が葵の上の周囲にも及んで、葵祭での六条御息所との車の場所争いとなる。

六条御息所

物語における六条御息所の役割は葵の上を取り殺すことである。その後も執念深い物怪として利用されるが、当初の役割は葵の上を排除することである。

六条御息所は故東宮の御息所であった。元東宮妃という社会的立場は、その後の男女関係をきわめて窮屈なものにする。平安時代も夫の死後の再婚は、一般論としては何の問題もなかったが、一方で、夫の死後に独身を通し夫の墓を守ることを「節婦《せっぷ》」として称揚することも、九世紀後半までは国の政策として行われていた（『類聚国史《るいじゅうこくし》』）。

実際に摂関期でも、夫の歿後に落飾《らくしょく》出家する例もしばしばあった。例えば、為尊《ためたか》親王の北の方は夫の四十九日の法事の夜に出家している（『小右記』）。時に二十二歳。藤壺が故桐壺帝の法事の直後に出家するのは源氏の接近を断つためであるが、事情を知らない世間には

「節婦」と見えたであろう。

そのような倫理観のなかで、六条御息所は源氏の忍びの愛人として物語に姿をあらわす。しかも、すでに源氏の心は御息所から離れつつあるという設定である。その性格は「女はいと物をあまりなるまで思《おぼ》ししめたる御心ざまにて（物事を異常なまでにひどく思い詰める御性格で）」と紹介され、源氏との年の差（このとき、源氏十七歳、御息所二十四歳とされている）もふさわしくないので、ひどく世間の噂を恐れている（夕顔巻）。

そうしているうちに物語は葵巻に移って、桐壺帝の譲位と朱雀帝の即位とがあり、それにともなって伊勢の斎宮が交代することになった。斎宮は内親王がなるのが原則だが、この時は斎宮になり得る内親王がいなかったので、女王（親王の娘）である六条御息所の娘が斎宮に選定された。それで御息所は、源氏もあてにならないし、斎宮が幼いのを口実に伊勢に下ろうかと思うようになるのだが、決心がつかない。その頃には、噂は桐壺院の耳にも届き、院は源氏を呼んで、御息所を軽々しく扱わぬよう訓戒する。源氏は御息所に好色めいた評判が立つのを困ったことだとは思うが、いまだ表立って扱うことはしない。世間でも二人の関係を知らない者はいない状態なのだが、源氏はその関係さえも認めない。忍びの愛人の扱いなのである。

何ゆえに源氏は御息所を忍びの愛人扱いにするのか。

表立って扱えば、元皇太子妃としてそれなりに重い扱いをしなければならない。正妻葵の上には勝らずとも、世間が、さすがに御息所は大事にされている、と思う程度には重く扱わなければならない。だがそれは、物語の構想からは邪魔な枝葉であり、排除しなければならない敵役を新たにもう一人正面に据えることを意味する。葵の上を排除するために御息所を登場させたのだから、紫式部は御息所にそれ以上の動きをさせない。

六条御息所の屈辱

源氏との関係をどうするかを決めかね、心揺れる六条御息所は、賀茂《かも》の御禊《ごけい》に供奉《ぐぶ》する源氏の姿を見れば心も慰むかと、人目を避けるために牛車《ぎっしゃ》も目立たないようにして見物に出た。遅れて来た葵の上一行は、女房車の多くある所をここと定めて割り込もうとする。立ち退きを拒むのが御息所の車だと気づいた葵の上方の男たちは「その程度の者にそんなことをいわせるな」「大将殿（源氏）を頼みと思っているのだろう」などと、榻《しじ》（牛車の轅《ながえ》を乗せる台）を壊し御息所の車を押しのけた。車を押しのけられた怒りと葵の上方の侮りを受けた口惜しさ、御息所は深く傷つき、我が身の情けなさをつくづくと思い知らされた。

場所争いのことを聞いた源氏は、葵の上について「重々しくていらっしゃる方であるうえに、情に乏しく素っ気ないところ（ものに情けおくれすくすくしきところ）がある、そのせいで、自身はそうまではお思いではないだろうが、妻と愛人の仲は互いに心遣いしあい仲よくすべきものともお思いではないので、そのお考えのままに、上から下へとその意をうけて、つまらぬ者がさせたのであろう」と思っている。

「すくすくし」は真っ直ぐで、曲折のないさま。人間関係でいえば、機微を考慮しないということである。葵の上は、愛人ごときと仲よくする必要はないと考える。その葵の上の考え方が上﨟《じょうろう》女房から中﨟《ちゅうろう》女房、中﨟から下﨟《げろう》へと次々に影響して、下々の男たちの実行行為となる。葵の上が直截に乱暴を指示したわけではないが、御息所に対する下人たちの無礼は葵の上の心の表れでもあった。

六条御息所の生霊が葵の上を殺す

さて、葵の上は出産が近づくにつれ、物怪に悩まされることが多くなった。加持祈禱《かじきとう》により次々と調伏《ちょうぶく》される中に、どうしても調伏できない執念深い物怪が一つあった。左大臣家ではそこまで恨まれているとは思いもよらなかったのだが、それがあの車争いの後、葵の上に対する負けじ心が動き始めた御息所の生霊であった。御息所自身、葵の上と思われる姫君を引きまさぐり打ち揺さぶる夢を見ることが度重なった。そしてついに、その物怪は葵の上に乗り移り、声も気配もただもう御息所そのものとなって、源氏に恨み言をいう。その疎ましさに、源氏は御息所だと確信しつつも強いて、誰だかわからぬ、はっきり名乗れというと、「ただそれなる御ありさま（まったく御息所その人である御様子）」に、源氏は愕然《がくぜん》として、女房たちが近くに参るのもいたたまれない思いであった。女房が見てもわかるほどに、葵の上の容貌が御息所のそれに変じていたのであろう。

この描写は、気味悪さはそれとして、実は源氏が〈物怪を御息所だと確認する〉ことが大事なのである。そのための「ただそれなる御ありさま」である。源氏を御息所から切り離すためである。同じ意味で、御息所にも自分が生霊となって葵の上を取り殺したことを自覚させなければならない。

御息所の生霊は、正体をあらわし源氏に直截に恨み言をいったので、すこし落ち着き、威力が弱まった。その間隙に葵の上は無事に男児を生んだ。無事出産と聞いた御息所は心穏やかではなく、「前には危ないと聞いていたのに、どうして無事に」と思う。そして自分が自分でなかったような気分を思い返してみると、衣服などにも芥子《けし》の香が染みついている。不思議に思って髪を洗い衣服も着替えてみるが、やはり芥子の香は消えない。芥子は加持祈禱のときに焚《た》くものだから、その香が染みついているのは加持祈禱の場にいた動かぬ証拠。それで自分が物怪となっていたことをはっきり自覚した。そうすると、自分でも自分が疎ましくなり、ますます気が変になってゆく。

無事出産を終えた左大臣邸では慶《よろこ》びに油断が生じる。祈禱僧たちは退出し、秋の除目《じもく》（人事異動）があるということで、大臣も息子たちもそして源氏もみな宮中に参内した。その隙を衝《つ》いてかの物怪が葵の上を襲い、今度はあっという間に葵の上の命を奪った。

葵の上は源家の後継者となる男児（夕霧）を生んで死んだ。源氏はすでに近衛《このえ》大将であり、自力で政治世界を歩む力を備えつつある。夕霧は左大臣の孫でもあるから、左大臣家と縁が切れることもない。そして何より源氏の正妻がいなくなった。葵の上は物語での役割を果たし終えて退場したのである。夕霧を生んで死ぬこと（正妻の座を空けること）が恋愛物語としての『源氏物語』における葵の上の役割だったのだ。

正妻への服喪

葵の上の遺骸は鳥辺野《とりべの》で荼毘《だび》に付され、夫である源氏はそのまま左大臣邸で喪に籠もった。喪葬令《そうそうりょう》の規定では、妻に対する服喪の期間は三ヶ月である。妾に対しては服喪しない。ちなみに、妻も妾も夫に対しては一年である。三ヶ月は軽服《きょうぶく》といって薄鈍《うすにび》色（薄墨色）の喪服を着る。源氏も「鈍《にば》める御衣《おほんぞ》奉れるも、夢の心地して」とあり、

限りあれば薄墨衣《うすずみごろも》あさけれど涙ぞ袖《そで》をふちとなしける

と哀傷の和歌を詠んでいる。「限りあれば」とは、定めがあるの意で、夫は妻に対しては軽服であることを指す。「あさけれど」は色が薄いこと。「ふち（淵）」の縁語。「ふちとなす」は涙が流れて「淵」となるの意に「藤」を掛け、涙で薄鈍の喪服が濃い藤衣《ふじごろも》の喪服となっていることをいう。喪服は浅い色だが、悲しみは深いとの意である。哀しみの和歌はそれとして、源氏が規定どおりに薄鈍の喪服を着たことは明らかである。

令の規定では妻には三ヶ月、父母には一年等々と定められているが、四十九日の法事が過ぎれば喪服は脱ぎ、日常生活にもどるのが通例であった。極端な場合は初七日《しょなぬか》で職に復している事例もある。もちろん、職を辞して一年の喪に籠もる例もある。源氏の場合は「御法事など過ぎぬれど、正日《しょうにち》まではなほ籠もりおはす」とある。法事は四十九日よりすこし早く催されたが、四十九日当日が過ぎるまでは左大臣邸に籠もっていたのである。礼を尽くした作法である。この服喪が終わって、源氏は二条院にもどり、まもなく若紫との実質的な男女関係（夫婦としての生活）が始まる。

構想的に見れば、若紫との新枕（初めての契り）のために葵の上を死なせたとわかる露骨な展開だが、葵の上の死後、若紫との新枕までに長い時間はとれない事情もある。若紫とのことは後述することとして、その前に新枕を急がなければならない事情を見ておこう。

4　源氏の再婚候補者たち――そして誰もいなくなった

源氏は独身になった

正妻葵の上が死んだので、法的には源氏は独身となった。平安時代の言い方では「独り住み」である。そこで作者としては、源氏の再婚問題を処理しておかなければならない。源氏ほどの男を周囲が独身のまま放っておくというのは不自然なことだからである。

葵巻で葵の上が死に、若紫と源氏とに男女の関係が始まった。読者は源氏と若紫との夫婦関係が始まったことを知っているが、物語の中ではまだ世間に公表されていない。三日夜の餅さえも誰にも知らせず――もちろん餅を調備した随身《ずいじん》の惟光《これみつ》は知っていたが、乳母《めのと》は事後に知った――、二条院にいる女が誰であるかもまだ世間は知らない。

続く賢木《さかき》巻では、源氏の再婚があり得ないことを語り、紫の上のつまとしての立場を固めていくことになる。一夫一妻制の婚姻制度のなかで、正式な婚姻手続きをふまず、いわば「心づからの忍びわざ」で始まった紫の上の立場は弱い。だから、紫の上は作者によって守られる。紫の上の脅威となり得る女はみな源氏から遠ざけられる（次頁の図9参照）。

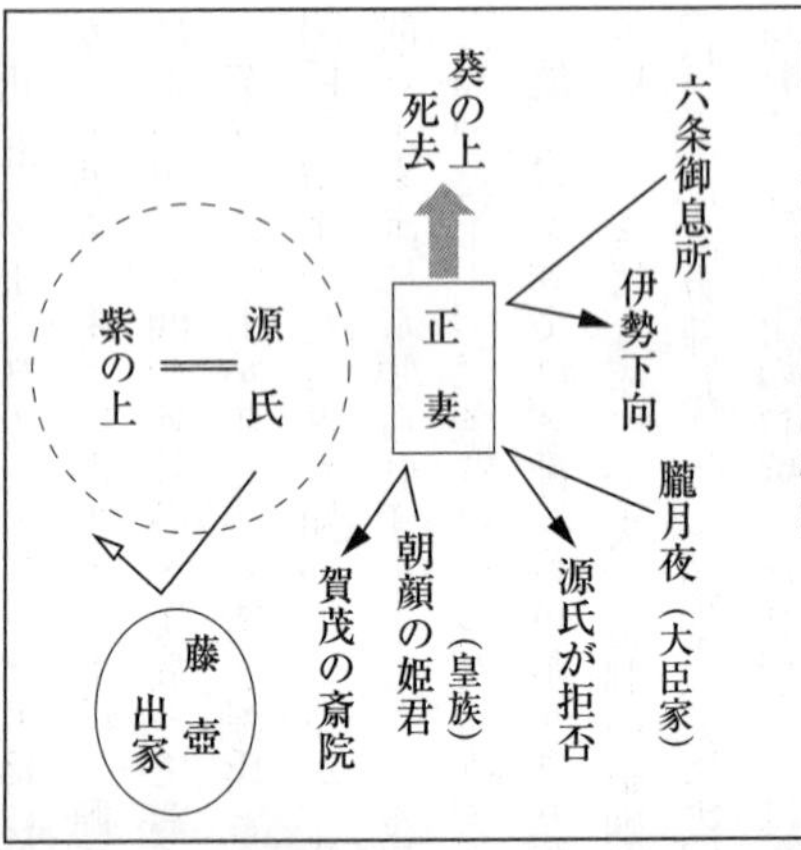

図9　再婚不可能の確認

御息所は自ら伊勢に下る

一世源氏の近衛大将で左大臣家の婿であった男の再婚となれば、おのずからその範囲は限定される。大臣家か皇族か、それに準ずる身分の者ということになろう。まず期待を膨らませたのは伊勢下向に備えて野《の》の宮《みや》にいた六条御息所の周辺であった。

やむごとなくわづらはしきものにおぼえ給へりし大殿《おほいどの》の君（葵の上）も亡《う》せ給ひて後、さりともと世人《よひと》も聞こえ扱ひ、宮の内にも心ときめきせしを、

と、その様子が語られる（賢木巻）。「重々しく気遣いさせられる存在だと感じられていた大臣家の姫君」という言い方は、要するに正妻だったということである。その葵の上が死んで後、葵の上が御息所の生霊により取り殺されたことを知らない世間は、「いくらなんでも、御息所との仲を認めて、然るべき扱いをするだろう」と取り沙汰し、そして御息所の周辺の

女房たちも期待に心弾ませた。

御息所は源氏の再婚相手として不足はない。故東宮の御息所であっても、再婚は可能である。史実では花山天皇女御婉子は天皇の出家後に藤原実資《さねすけ》と結婚している。しかも源氏は御息所との関係を表立っては一切認めていなかった。世間はみな知っていたことだが、かたちのうえでは何もなかった。だからかえって新たに正式に再婚相手とすることが可能なのである。今度こそとみなが思ったのは理由のあることだった。

しかしながら、正妻葵の上に遠慮しなくてよくなった死後に、かえってまったく訪れが絶え、驚くほどに冷たい源氏の仕打ちを見て、源氏にとって心底からいやだと思うことがあったのだと、すなわち物怪の正体が自分だとわかったのだと、御息所はすっかり知ってしまった。それで、あらゆる未練を振り捨てて、一途に伊勢へと出立することにした。

御息所に自ら身をひかせるためには、前述したように、御息所自身に物怪になった自覚をもたせる必要があった。それゆえの夢見であり、芥子の香であった。そして源氏が完全に御息所を退けるためには、物怪出現の場面で、御息所の生霊にはっきりそれと名乗らせる必要があった。物怪の場面はおぞましくもあるが、紫式部としては御息所を排除するためにダメ押しをしているのである。それが紫式部の構想の仕方であり、描き方である。

御息所が娘の斎宮とともに伊勢に下ることは決まった。しかし、源氏が御息所を捨てたとなると、そしてその噂が広まれば、御息所は世間の物笑いである。御息所は世間の物笑いを極度に恐れる。そうなると、御息所の恨みの心は長く後に残るであろう。恨みの心が深ければ、御息所の知性の制御を越えた物怪は、次には誰に祟《たた》るだろう。紫の上は危うい。

源氏には御息所の伊勢下向を引き留める気持はない。だが、御息所の伊勢下向が決まって後、手紙の遣り取りは復活した。さすがに源氏も、御息所が自分を恨めしい人と心底思ってしまうのもつらいし、世間も源氏を薄情だと思うのではないかと、気持を奮い立たせて、伊勢への出立も近い九月七日の夕、野の宮に御息所を訪れた。古来、『源氏物語』中の名場面とされているところである。

源氏、このような場に臨むと、巧まずに涙があふれ、女の心を揺さぶる言葉が流れ出る。それを見、それを聞けば、御息所も未練の心を隠しきれなくなる。すると源氏は、やはり伊勢下向は思いとどまった方がよいというようなことをいう。七日の月はすでに西に沈み、その暗い空を眺めつつ、源氏は御息所に、こんなに愛している私を捨ててなぜ伊勢に行くのか、という類の恨み言を延々と繰り返す。葵の上との車争いの前、御息所が伊勢行きを思い始めていた頃、源氏は御息所を引き留めもしないで、「私のような物の数でもない者を見るのもいやだと、お捨てになるのはもっともですが、このような仲になったのですから、やはり私のような甲斐性《かいしょう》のない者でも、最後まで添い遂げてくださるのが、浅くない愛情というものではないでしょうか」と、からみつくような言い方で御息所の心を迷わせていた（葵巻）。おそらく七日の野の宮の夜も、このような言い方をしたにちがいない。

源氏の恨み言は、源氏にはまだ御息所への未練があることを意味するから、御息所はそれを聞いて、自分は見捨てられているわけではないと思う。源氏の恨み言を聞く御息所を、物語は「ここら思ひ集め給へるつらさも消えぬべし（たくさん溜《た》まっていた恨めしい思いもきっと消えたことであろう）」と描く。「つらさ」は、何かいやなことがあったときに、その原因を外に求めて、相手を恨む気持である。源氏を恨む気持はこれで消えた。だが同時に、やっと諦めにたどりついた御息所の心は、かえって乱れることになった。その後も源氏の手紙には「思《おぼ》し靡《なび》くばかり」の言葉が連ねられる。しかし、御息所としては今さら迷うべきことではないから、源氏が何をいっても無駄である。無駄とわかっているからいえることでもある。御息所の心は乱れても、もう恨みの心はない。

いよいよ伊勢に向けて旅立つ日、源氏は見送ろうかとも思うが、「うち捨てられて見送らむも、人わろき心地し給へば、思《おぼ》しとまりて」徒然《つれづれ》と物思いにふけっていた。「人わろき心地（体裁がわるい、外聞がわるい）」とあるので、世間も御息所が源氏を振り捨てて行くのだと噂しているのである。野の宮での遣り取りは女房たちも聞いていたはずだから、それが世間に広まったということであろう。

御息所に未練の思いはあっても、恨みの気持は消え、自ら決めた伊勢への道に出立した。世間は表面だけを見て、御息所が源氏の制止を振り切って伊勢に下るのだと誤解した。御息所が物笑いになることはない。もう御息所が紫の上の前に物怪となって現れることはないであろう。紫式部の紫の上に対するガードは完璧である。

こうして再婚候補者と見なされていた御息所は、葵の上を殺すという役割を終えて、源氏の前から去っていった。第二部で、病の紫の上に取り付いて仮死させるのは、新たな構想における御息所の便利な使い回しである。

朝顔の姫君は賀茂の斎院に選定された

朝顔の姫君が初めて登場するのは帚木《ははきぎ》巻。源氏は方違《かたたが》えに紀伊守《きいのかみ》邸（ここで空蟬《うつせみ》に逢う）に宿る。そこでは女房たちが源氏の噂話をしており、源氏が式部卿宮《しきぶきょうのみや》の姫君（朝顔の姫君）に朝顔を奉ったときの歌などを話すのを立ち聞きする場面がある。式部卿宮は桐壺帝と兄弟なので、朝顔の姫君と光源氏は従兄妹の関係にあたる。この噂話で源氏が朝顔の姫君に和歌を贈っていることは判明するが、これ以前の二人の関係の具体的なことは語られていない。

葵巻で、源氏と御息所との噂が世間に広まり、桐壺院の訓戒があったにもかかわらず、源氏は御息所の扱いを変えず忍びの愛人としたままで、御息所が年齢（源氏二十二歳、御息所二十九歳）に引け目を感じて打ち解けてこない様子なので、源氏もそれに遠慮しているというふうに装って何もせず、桐壺院にも噂がとどき、世の中の人も知らない者はいないほどになったのに、源氏の愛情は浅い、それを御息所はひどく嘆いていた。——とある場面に続けて、朝顔の姫君のことが語られる。

このような噂をお聞きになるにつけても、朝顔の姫君は「何としても御息所のようにはなるまい（いかで人に似じ）」と深く思うので、これまでのようなちょっとした御返歌などもめったになさらない。だからといって、憎らしげで相手にきまり悪い思いをさせるような振る舞いはなさらない様子を、源氏の君も「やはり他の人とは違う」とずっと思っていらっしゃる。

御息所の轍《てつ》は踏むまいと思う賢さ、それが紫式部が朝顔の姫君に与えた性格である。朝顔の姫君は葵祭の日に父式部卿の桟敷《さじき》から源氏を見る。姫君は、これまでの手紙の遣り取りで源氏の気持はわかっていたが、容姿を目のあたりにして、どうしてこんなにも美しいのだろうと心をひかれている。だが、これまで以上に「近くて見えむ」とまでは思わない。「近くて見えむ」とは、近づいた状態で男に見られること。要するに源氏と男女関係を結ぶところまでは考えないということである。朝顔の姫君は常に感情よりも理性が勝っている。

それでも源氏は諦めていないので、葵の上の喪で左大臣邸に籠もっていたときも、朝顔の姫君に歌を贈っている。返歌もあった。それを見て、「さるべき折々のあはれを過ぐし給はぬ、これこそ互《かたみ》に情《なさけ》も見はつべきわざなれ」と思っている。だから、葵の上が死去した今、式部卿の姫君は源氏の再婚相手となり得る。世間も源氏が朝顔に和歌を贈ったりなどしていることを知っている。朝顔の姫君には結婚の意志はなさそうだが、源氏の接近は続きそうだ。

紫式部はこのようなとき、朝顔の姫君には結婚の意志はないと設定したから後は放っておいてもよい、物語の進行に問題はない、とは考えない。朝顔の姫君が源氏と結婚できない客観的状況を設定しなければ気がすまないという、物語作家としての癖《へき》があるようだ。次のような話の進め方を見ると、そう思う。

御息所が伊勢に向けて発《た》ったのは九月。十月になると桐壺院の病が重篤となり、やがて崩御された。それで賀茂の斎院が父桐壺院の喪に籠もるために斎院を辞した。そうなると、次の斎院を選ばなければならない。その斎院に朝顔の姫君が選ばれてしまった。

伊勢の斎宮も賀茂の斎院も独身の内親王が勤めるのが原則である。「六条御息所」の項（一一二頁）で述べたとおり、伊勢の斎宮は故東宮の姫君（すなわち六条御息所の娘）であった。これも本来は内親王が選ばれるはずのことだが、然るべき姫君がいず、故東宮の娘、すなわち女王（親王の娘）が選ばれたのであった。いま辞任した賀茂の斎院は、桐壺帝退位にともなって交代就任したもので、弘徽殿腹の第三内親王であった。桐壺帝も弘徽殿大后も格別に愛していたから、斎院にするのをつらがったが、他に内親王で適当な方がいなかったので、やむなく斎院としたのである（葵巻）。それが二年あまり前のことであった。

そのような状況でふたたび賀茂の斎院を選ばなければならない。二年あまり前にすでに第三内親王しかいなかったのだから、いま然るべき内親王はいない。それで、やむを得ず親王の娘である女王（天皇の孫）から選ぶこととなり、朝顔の姫君が選定されたのである。物語本文でも念を押してか、朝顔の姫君が選ばれたことを「賀茂の斎《いつき》には、孫王のゐ給ふ例多くもあらざりけれど、さるべき女御子《をむなみこ》やおはせざりけむ」といっている。

朝顔の姫君のことは長年の間ずっと心から離れなかったのだが、このように「筋異《すぢこと》に」なったので、源氏はそれを残念に思ったが、侍女を介しての手紙だけはなお絶えない。筋異になるとは、斎院にあるうちは独身を通さねばならず、恋愛も禁忌であることをいう。これで朝顔の姫君との恋は成就しないことが確定した。源氏のような男は、相手が斎院であっても禁忌と思うことはないだろうが、朝顔の姫君を斎院としたのは、源氏から遠ざけるための構想上の工夫であるから、物語の約束に従って、もう源氏が斎院に近づくことはない。作者紫式部が近づかせない。登場人物が作者の掌《てのひら》から出ることはない。

朝顔の姫君が独身を守るべき賀茂の斎院となって、再婚候補者がまた一人、源氏の前から消えた。その頃、二条院の西の対《たい》の姫君（若紫）の幸運が世間で噂され始めているが、そのことはまたあらためて述べることになる。

右大臣は娘（朧月夜）と源氏の結婚を考えた

朝顔の姫君が斎院となったことで、皇族には再婚候補者はいなくなった。左大臣の娘は葵の上の他にはいない。残ったのは右大臣の娘である。

花宴《はなのえん》巻、葵の上がまだ生存中の源氏二十歳の春二月、内裏で桜の花の宴が催された。その夜、源氏は酔い心地に密かに弘徽殿の細殿《ほそどの》（廂《ひさし》の間《ま》）に立ち寄ったところ、「朧月夜《おぼろづきよ》に似るものぞなき」と歌を朗詠しながら来る女がいる。すばやく袖を捉え、そのまま強引に一夜を過ごした。これが朧月夜と呼ばれる女だが、翌三月の右大臣邸での藤花の宴で再会し、右大臣の娘と確認される。

細殿での夜、朧月夜は男が源氏であることを察し、すこし心がやわらいで、「冷淡で強情な女とは見られたくない」と思う。それゆえに源氏の目に女は「若くもの柔らかで、強く拒むすべも知らないのであろう（若うたをやぎて、強き心も知らぬなるべし）」とうつる。平安朝での「若し」は、未熟であるさまをいうことが多い。女房を「若き人々」といえば、それは若い思慮の足りない女房の意である。そのように「若し」は負の評価を含意することが普通で、ここでもたんに年齢的に若くもの柔らかというのではなく、男から逃れるための機転さえ利かせることのできない未熟さ、なよなよするだけの意志の軟弱さをいうのであろう。そこが源氏にはかえってかわいいと見える。夜が明け、二人は歌を詠み交わし、扇を交換して別れた。

花宴巻の時点では、二人の関係はまだ周囲に知られていない。右大臣は弘徽殿大后の父でもあり、左大臣家とは対立関係にあるから、朧月夜との関係は源氏にとっていわゆる危険な火遊びなのだ。そしてすでにいま火は導火線に点火された。

ほぼ二年後の葵巻では、前述のごとく、葵の上が死去し、若紫との男女関係が始まる。しかし、若紫のことをまだ世間には公にしていないという時期に、右大臣は、娘（今は御匣殿《みくしげどの》別当に就任している）が依然としてひたすら源氏に執着しているので、「実際、このように重々しいさまであった方（かくやむごとなかりつる方）もお亡くなりになったようだから、娘の望むようにしたとしても、どうして不本意ということがあろうか」と、正妻葵の上が死んだ以上は、娘と源氏が再婚しても不満はないというのだが、弘徽殿大后は大臣がそんなことをいうのがまたしゃくで、ひたすら後宮に仕えるとの方針を推し進める。

右大臣が娘との結婚を許容するのは、正妻葵の上が死んで、再婚すれば正妻になれるからである。そうでなければ、賛成しない。この右大臣の言葉も一夫一妻制の反映である。

右大臣はこのように考えていたのだが、源氏はすでに若紫と新枕を交わしており、もはや他の女に心を分けるつもりはなく、「かくて思ひ定まりなむ」と思っている。そろそろ父宮にも若紫のことを知らせようとも考え始めていた。

実はこの葵巻には書かれていないが、後に賢木巻で源氏と朧月夜との密会の現場を目撃した右大臣は「前も、親に許されもせずに始まったことだったが、あの者だからとすべての過ちを見逃して、婿として世話しようといったときには（さても見むと言ひ侍りし折は）、気にもとめずいかにも無礼な態度をとったので、不愉快に思いましたが」云々と弘徽殿大后に訴えているので、右大臣は弘徽殿大后の反対にもかかわらず、婿にとの意向を源氏に伝えていたとわかる。それを源氏は、素っ気なく無礼なと感じさせる言い方で（心もとどめずざましげに）断っていたのである。こうして右大臣の娘との再婚話も実を結ばない。

これで、皇族、左右大臣家、ともに再婚はあり得ないことが確定した。源氏の正式な再婚はないという状況の中で、ようやく若紫は源氏のパートナーとして幸せへの道を歩き始めることが可能になる。「妻」ならぬ「つま（連れあい）」である若紫を守る紫式部の工夫の周到さには心底あきれるけれども、妻ではないという立場は、それほどに弱いのである。

導火線はまだ燃えている

物語における朧月夜の役割は、源氏との再婚の不成立を語ることのみではない。もう一つのより重要な役割は源氏を須磨《すま》・明石《あかし》に導くことにある。

朧月夜は思慮にとぼしく強い心のない女なので、源氏が誘えばそれを拒むことはない。右大臣の申し出を拒絶したあとも、心を通わせ、何とか都合をつけては密かに逢っていた。賢木巻、朧月夜はすでに尚侍《ないしのかみ》となって宮中にいる。ある夜、忍び逢いの後、弘徽殿の細殿の局《つぼね》から出て帰るところを、朱雀帝の女御である承香殿女御《しょうきょうでんのにょうご》の兄少将に見られる。それが弘徽殿大后方に伝わったのであろう、幾月かの後、右大臣の孫である頭弁《とうのべん》なる若者は、源氏が前を通り過ぎようとすると、「白虹《はくこう》日を貫けり、太子畏《お》ぢたり」と皮肉めかしてゆっくりと朗《ろう》誦《しょう》した。白虹云々は、中国の戦国時代、燕《えん》の太子丹《たん》が荊軻《けいか》を刺客として送り出したときの故事に拠る。源氏に謀反の心があるのではないかと当て擦《こす》ったのである。朧月夜は尚侍であり、尚侍は天皇の寝《しん》に侍するので、朧月夜との忍び逢いは天皇に対する侮りである。現場を押さえられていないから皮肉ですんでいるが、導火線の残りはわずかになった。

密会露顕

年がかわって源氏二十五歳の夏、朧月夜は病で大臣邸に里下がりした。病が癒えた頃、滅多にない好機だからと、例のごとく連絡をとりあい夜ごと忍び逢った。そんなある夜、急な雷雨の騒ぎで源氏は出るに出られず、朧月夜とともに御帳《みちょう》の内にいたところを、娘の様子を見に来た右大臣に見つかってしまう。「つつましからず添ひ臥したる」姿を目撃され、源氏の筆跡の懐紙《かいし》も右大臣に押さえられたから、もう源氏も言い逃れはできない。

右大臣は、思ったことはすぐ口に出し、胸に納めておけない気性なので、すぐに弘徽殿大后に、男の好色は誰でもあることだが、源氏は斎院にも懸想文《けそうぶみ》を贈っているとの噂もある、源氏はけしからぬ、こんな男とは思わなかった云々と憤りにまかせて報告する。前述の再婚の申し出を拒絶されたことも、あのときは素っ気ない無礼な振る舞いをしておきながら、まだ隠れて逢っていたとはと、右大臣の怒りはおさまらない。弘徽殿大后は右大臣にもまして強烈な性格で、「尚侍に対してもこれだから、まして斎院のことは事実だろう、帝（朱雀）にとって、何かにつけて源氏の振る舞いが気がかりなのは、源氏は東宮（冷泉）の御代への期待を格別に抱いている人だからだ」と、源氏の追い落としを画策し始める。

この事件があって、源氏の須磨退居となる。そして須磨から明石に移り、そこで明石の君と出会い、姫君が生まれる。朧月夜との密会の終着点は、明石の姫君の誕生である。

このようにいうと、「風が吹けば桶屋《おけや》が儲《もう》かる」ではないかと思われるかもしれないが、紫式部の場合は、〈女児が生まれる〉という結論は既定事実としてまず存在する。そのことは『源氏物語』の全体構想を規制する宿曜の占いに「后が生まれる」という一項を組み込んだときに決まっていたことである。物語の進行ではその宿曜の占いが明かされるのは須磨・明石巻よりも後の澪標巻であるが、紫式部の構想では当然最初から女児（后）誕生は組み込まれている。

そこから遡って、誰に女児を生ませるかと考え、紫の上の立場を脅かすことのない女、すなわち明石の君（都を遠く離れた土地の女。それがなぜ須磨・明石なのかはまた別の問題である）に生ませることにし、では源氏がその土地に行く理由はとさらに遡り、都にとどまれない事情を作り出す役割を朧月夜に割り振った。だから朧月夜は強い心のない、源氏に靡きやすい、警戒心のない思慮の浅い女と設定された。

朧月夜という若い好色な女がいて事件が起こるのだが、それは事件を起こすための性格設定である。その意味で、雷雨の夜の密会は必ず露顕しなければならないし、源氏に須磨行を決心させるためには、右大臣自身が目撃し、懐紙という物証を手にすることが大事なのである。この筆の運びは、六条御息所生霊事件で源氏に目撃させ御息所に自覚させたのと同じで、紫式部の話の進め方の顕著な癖である。

もう誰もいない

正妻葵の上の歿後、再婚の可能性のあった三人（六条御息所、朝顔の姫君、朧月夜）はそれぞれの事情で再婚が不可能であることが語られた。何ゆえにそこまでして再婚候補者を退けるのかといえば、紫の上のつまとしての立場があまりにも弱いので、紫の上に対抗できる女がいない状況をあらかじめ作っておく必要があったのだ。

紫の上の立場があまりにも弱いというと、不審に思われる読者がいるかもしれないが、それは一夫多妻制説の考えで夫婦関係を考えるからである。愛情と妻の座は別である。源氏がどんなに愛したとしても、紫の上は妻（正妻）ではないから、後に女三宮とそうしたように、もし源氏が新たな妻と再婚すれば、紫の上の立場はきわめてつらいものになる。

三人を退けたことで、当面は紫の上がそのような立場に陥ることはなくなった。左大臣家に女子はいない。右大臣家の申し出は拒否した。皇族にも若い独身の内親王はおらず、女王である朝顔は斎院となった。もう源氏と法的妻として正式に再婚できそうな女性は誰もいない。これでやっと読者は安心して紫の上の幸せを期待することができる。

5　若紫との新枕

二条院の女に悪評が立つ

すこし時間を遡って源氏と紫の上との〈結婚〉について見てみよう。それによって紫式部が再婚候補者を完全に源氏の前から退けた理由も理解できるであろう。

若紫引き取りの経緯は本章3節の「若紫を見出す」（一〇四頁）の項に紹介した。ここにはその後のことを述べる。

若紫の二条院への連れ出しは父親にも無断のことだったので、邸内の者にも知られないようにした。それで邸内の者は、誰かは知らないが、源氏に寵愛されている大人だと思っている（若紫巻）。

紅葉賀巻、しだいに源氏に馴《な》れ親しむようになった若紫は、源氏とともに過ごすことを喜ぶようになり、源氏が外出しようとするのを拗《す》ねて引き留めることもあった。そうすると、源氏が外出しようとするのを西の対の女が引き留めていると、左大臣邸に御注進に及ぶ者もでてくる。左大臣邸では女房たちが「誰だろう。まったくこしゃくな話だ（いとめざましきことにもあるかな）」「今まで、こういう素姓の人だという話も聞こえてこない。まとわりついて戯れたりするらしいが、その女は高貴な奥ゆかしい人ではあるまい」「内裏あたりでちょっと目にとめた女をもったいらしく扱って、人が咎《とが》めるのではないかと恐れて、隠しているのだろう」などと噂しあっている。

「めざまし」は目上の者が目下の者に対して、無礼な、こしゃくなと思う気持である。褒める場合は、この程度の者にしてはなかなかやるなあというニュアンスで用いる語である。左大臣邸の女房たちが「めざましきことにもあるかな」と憤慨しているのは、二条院のその女は正妻葵の上に遠慮して当然の立場だと思っているからである。

二条院の女の噂は桐壺帝にも届く。帝は源氏に、幼いときから熱心に世話して今の立場にまでしてくれた左大臣の気持がわからない歳ではあるまいに、どうして思いやりのないことをするのか、左大臣は嘆いているぞ、と訓戒するのだが、源氏は恐縮している様子は見せるが、何も返答しない。何かいうとすれば、左大臣の娘を大切にしますとしかいえないからである。だから、源氏は黙っている。源氏はなかなか強《したた》かなのだ。

源氏は何を隠そうとしたか

葵の上の喪があけて、源氏は二条院にもどった。久しく見ないうちに若紫はすっかり大人び、恥ずかしがってちょっと横を向いている、その横顔や髪などが、「ただかの心尽くしきこゆる人（藤壺）に違《たが》ふところ無くもなりゆくかな」と見えるのを、源氏は嬉しいと思う。そうして幾日か過ぎたある日、男君は早くに起き、女君はまったく起きない朝があった。こうして源氏と若紫の男女関係は始まった。

実は、それまでも源氏と若紫は常の夫婦のように添い寝をしていたので、女房たちにも何があったかはわからず、ただたんに気分がすぐれないのだろうかと思うだけだった。源氏は和歌を枕元に置いておいたのだが、あさましと思う若紫は返歌もしない。源氏は一日中寄り添って慰め続けるが、若紫の機嫌はなおらない。それさえ源氏にはかわいいと見える。

その日は十月の亥子《いのこ》にあたっていて、惟光《これみつ》が亥子餅を用意した。それを見て源氏は、「明日の暮れに餅を用意せよ、今日は縁起がよくない」というと、聡《さと》い惟光はさりげなく三日夜の餅であることを確認して、翌日の夜遅く持参した。本来なら乳母の少納言に仲介を依頼すべきことだが、惟光は「少納言はおとなしくて（老練な者だから）、姫君（若紫）がきまり悪くお思いになるかもしれない」と考えて、その娘の弁《べん》なる者を呼び出して、「忍びて参らせ給へ」といって香壺《こうご》の箱を渡した。弁は「若き人」すなわち思慮に乏しい未熟者なので、事態を深く察することができないで、それが三日夜の餅だと気づかぬままに、二人のもとに差し入れる。

紫の上と源氏の〈結婚〉について、三日夜の餅を食べたことを強調し、当時の慣習に即した結婚だったとする考えがある。しかし、はたしてそういえるだろうか。

惟光は源氏の意図を察して、他人に三日夜の餅だと気づかれないように配慮している。少納言は「おとなし」、すなわち老成していて思慮分別があるので、三日夜の餅と察知するだろうから、それを避けようとしたのである。女君が恥ずかしがるといけないと思って思慮の足りない若い女房を使うなどということは、本来はあり得ない。

紫式部、このあたりの描写には無理をしている。無理をしてでも、餅は密かに食べさせたかったということであろう。香壺の箱を使っているのも餅と気づかれないためである。源氏はまだ若紫との関係を世間に気づかれたくないのだ。世間に隠すには、まず邸内の者に気づかれないようにしなければならない。だから乳母の少納言にさえ隠すのである。

姫君に親しく仕えている少納言たちだけは、この箱を下げるときに思いあたることがあった。三日夜の餅は全部は食べない。『落窪物語』に三日夜の餅の記事があり、それによれば、男は三つ食べるが、女は御心しだい（食べたかたちだけにすればよいということであろう）とされている。だから、餅は残されており、おのずからそれとわかる。それでこの数日来の姫君の様子、源氏の振る舞いを思いあわせて、さてはと察するところがあったのだ。

女房たちは「せめて内々にでも私たちに仰せつけてほしいよね」「あの人（惟光）も何を考えているのでしょうね」と言い合っているが、もし内々でも女房たちに餅の用意を命ずれば、情報は必ず漏れるし、暗に漏れてもよいというメッセージにもなる。若紫に親しく仕えている女房さえも介さないから、餅のこと（すなわち若紫との男女関係）は極秘であるとのメッセージになるのである。源氏のメッセージを読み誤る女房はいない。

さて、乳母の少納言は三日夜の餅を見て、「まさかここまではなさらないだろう」と思っていたので、源氏の行き届いた心遣いが有り難くも恐れ多くて、思わず泣いてしまった。若紫が二条院に連れて来られた経緯からして、源氏には若紫をまともに扱うつもりはないだろうと少納言は思っていた。それが秘密裏にとはいえ、三日夜の餅があったことが望外の喜びだったのである。それほどに若紫と源氏の男女関係の始まりは、愛情はともかく、社会的には惨めで儚《はかな》いものだった。

この後、源氏はやっと、今まで世間がこの姫君の素姓さえも知らないのはいかにも軽々しい感じがする、父宮に知らせよう、と思うようになって、裳着《もぎ》の準備を始めた。

裳着と結婚の順逆

正妻葵の上の死後、若紫をつまとするからには、いつかは若紫のことを公にしなければならない。そのときには父宮にも知らせなければならない。どういう手順を踏むかは、結婚後の若紫の社会的立場にも影響する。

ところが、物語はその経過を描かずに省略し、葵巻の次の賢木巻では、

西の対《たい》の姫君の御幸ひを世人《よひと》もめでたきこゆ。（中略）父親王《みこ》も思ふさまに聞こえかはし給ふ。

とあり、父兵部卿宮の正妻腹の娘の結婚相手はたいしたことはないので、継母の北の方は心穏やかではなかった、物語にことさらに作り出したような御様子だ、ともいう。「御幸ひ」は幸福ではなく、幸運、運がよいの意。

紫式部は何も書かずにうやむやにしてしまったが、源氏が若紫の父親にどのように説明するか、詫《わ》びをいうか、父親がどのように納得するか、きわめて難しい。祖母尼君の許しを得ていたと強弁するしかあるまいが、それでも事前に承諾を得なかったこと、事後にも連絡をしなかったことを正当化するのは難しいから、裳着の場面を描けば、源氏を傷つけずに語りおおせることはできない。さすがの紫式部も、「物語にことさらに作り出《い》でたるやうなる御有様なり」とごまかす以外になかったのであろう。

紫式部が書かずにやり過ごしたことがもう一つある。裳着のあと、結婚の儀式をどうしたか、である。裳着は、女子が十二、三歳の頃に行う成人の儀式で、結婚準備が調ったことを

世間に披露する意味がある。十二、三歳というのは、律令では女子の婚姻許可年齢は十三歳だから、それを目安に行われるのである。葵巻で裳着の準備を始めたとあった。であれば、物語には描かれていないが、必ず裳着は行われ、その場に父親王が招かれ、親子の対面、源氏との和解があったということであろうが、しかし、結婚の儀式はあったのだろうか。

葵巻で、源氏が裳着の準備を考える場面、注釈書では裳着の注に「(前略) 結婚を前提とする場合も多い。ここでも、父宮の認知とともに、これで結婚を確かな形にしようとするか。しかし事の順序は逆である」(新編日本古典文学全集) と説明されている。だが、男女関係がすでに始まっていることを知らせたうえで裳着をすることはあり得ない。裳着は未婚のときに行うものだから、結婚を確かなかたちにするという解釈はできない。

源氏は若紫とすでに男女関係があるという事実を隠している。まだ何もないというふりをして裳着を行ったのである。そのためにこそ、前述のように、三日夜の餅を誰にも知らせず秘密裏に設けたのだ。裏の事情を知らない世間は、裳着があり、その後に父親王も諒解《りょうかい》したうえで、源氏と若紫は結ばれた、と理解したはずである。それは事実ではないけれども、その順序で行われたと世間が思わなければ、若紫のつまとしての最低限の社会的立場さえなくなってしまう。順序が逆であることを世間は知らない。

では〈結婚〉の儀式はあったかといえば、おそらくなかったと理解すべきであろう。若紫はすでに源氏と同居していた。一度父宮邸に引き取られて、そこに源氏が通うという通常のセレモニーがあったとは思えない。それをうかがわせる記述はない。書かれていないけれども、儀式はあったというようなことではあるまい。裳着の後に、源氏は儀式めいたことはせずに、そのまま若紫をつまとして扱う生活に入っていったのであろう。あらためて三日夜の餅を食べたとも思えない。

以上のことを整理してみると、物語における世間の理解は、裳着の後、父親の諒解を得て源氏は若紫をつま（当時の言い方では「め」ともいう）とした。だが、それは正式な手続きを経た婚姻ではなく、ずっと手許で育てていた兵部卿宮の外腹の娘をそのまま「め」としたものである。それでも、母方の庇護もない娘が源氏の「め」となれたのは無上の幸運である、ということであろう。

惟光の用意した三日夜の餅は、源氏にとっては二人だけの「けじめ」である。世間的にはこの惟光の餅は知られていないから、その餅を食べたことをもって源氏と若紫の結婚の社会的意味づけをするのは不適切である。たとえていえば、二人だけで三三九度の真似事《まねごと》をしたようなものである。二人の契りは固いとしても、社会的な意味はない。源氏と若紫もまたそのような関係として設定した。それゆえ、紫式部は裳着後の婚姻の儀式の有無にはどうしても触れることができなかったのであろう。

若紫を守るために他の女を排除する

このような経緯を見ると、若紫と源氏の関係はとても正式な婚姻とはいえそうにない。この後の若紫の立場を法的にいえば「妾」としかいいようがないであろう。もとより物語では妾という言葉は使わないが、法的な意味での妻（嫡妻）でないことは明白である。このマイナスの地点から、源氏のつま（連れあい・パートナー）として、若紫の世間的には北の方に等しい幸福への道が始まる。

ここで、これまで紹介してきた源氏の正妻や恋人たちがどうなったかを、時間の順に整理しておこう。空蟬・夕顔・末摘花等は、人妻や行きずり等なので、ここには省略する。

桐壺巻　十二歳　左大臣の娘（葵の上）と結婚。
若紫巻　十八歳　若紫を二条院に連れて来る。
花宴巻　二十歳　朧月夜と逢う。
葵　巻　二十二歳　秋　葵の上、死去。
冬　若紫と新枕。
冬　右大臣、朧月夜と源氏の結婚を考える。源氏は拒絶。

賢木巻　二十三歳　秋　源氏、若紫の裳着の準備を始める（裳着の記述はない）。
　　　　　　　　　　　六条御息所、伊勢に下る。
　　　　二十四歳　春　朝顔の姫君、賀茂の斎院となる。
　　　　　　　　　　　朧月夜、尚侍となる。
　　　　　　　　　　　世間、西の対の姫君（紫の上）の幸運を噂する。
　　　　　　　　冬　　藤壺、出家する。
　　　　二十五歳　夏　朧月夜と密会。弘徽殿大后方の源氏追放の画策始まる。

この流れの中で、若紫のつまとしてのあり方がどのようなかたちで始まったかを見れば、葵の上死去の必然性も、若紫新枕後の六条御息所・朝顔の姫君・朧月夜が結婚不可能なかたちで退けられなければならなかった必然性も納得できるであろうし、作者紫式部が登場人物をどのように操作しているかもはっきり見えるであろう。

若紫の裳着が源氏二十三歳の春に行われたと仮定しても、それから一年余を費やして、紫の上は世間からやっとその幸運を認められた。それまでは世間もまだ源氏に正式な再婚があり得ると思っていた。六条御息所が源氏を捨てて伊勢に去り、桐壺院の崩御（源氏二十三歳の十一月）にともなう斎院の交代で朝顔の姫君が斎院となり、朧月夜が朱雀帝の尚侍となって、やっと世間は、源氏に再婚の意志がないことを知り、正式な結婚ではなかったけれども、西の対にいる兵部卿宮の娘（紫の上）が、いかに源氏から大事にされているかを理解したのである。

紫式部はこのように紫の上の立場を固めたうえで、朧月夜との密会を使って源氏を須磨へと導く。そこでは明石の君との出会いがあり、宿曜の占いで后になると予言されていた女児が生まれる。その明石の君を見る前に、藤壺と源氏の仲がどうなったかを見ておこう。

藤壺も排除された

若紫が源氏の目にとまったのは藤壺と似ていたからだった。藤壺の代わりに身近に置いておきたくて二条院に連れてきた。成長するにつれてますます藤壺そっくりになった。「ただかの心尽くしきこゆる人に違《たが》ふところ無くもなりゆくかな」と源氏は喜び、そして新枕となる。源氏の願いはかなった。だが、源氏がいつまでも藤壺に執着し続けることは、紫の上にとって大きな不幸である。紫の上の幸福の障碍となるものは取り除かなければならない。それが『源氏物語』の構想の大原則である。

作者紫式部は、第一部を構想した時点では、紫の上が世間的な幸福を手にする物語を考えていた。だから、再婚候補者を次々と源氏から遠ざけていった。つまとしての立場はそれで確保されたが、藤壺が源氏の側にいるかぎり、紫の上の愛の物語は始まらない。藤壺を源氏の接近から遮断しなければならない。だが、源氏の藤壺への思慕はすべての始まりであるから、それが源氏の心から消えたことにするのは不自然である。そうなると、藤壺に源氏を拒否させる以外に方法はない。

さて、六条御息所が伊勢に下ったのは秋のことだったが、その冬に桐壺院が崩御した。四十九日が過ぎ、十二月二十日、藤壺中宮は三条宮に移った。年が明けて、二月に朧月夜が尚侍となった。その頃から、世間は二条院西の対の姫君（紫の上）の幸運を称えた。すでに朝顔の姫君は斎院になっている。そして、源氏が朧月夜との忍び逢いから帰るところを弘徽殿大后方の藤少将に見られた——と賢木巻の話は進み、権勢が右大臣方に移って心楽しまない源氏は、自然と三条宮の藤壺に近づく。

藤壺は、東宮（冷泉）を後見してくれる者が他にいないので、全面的に源氏を頼っているのだが、源氏の「憎き御心」が止《や》まないので、もし噂が立てば必ず東宮によくないこと（最悪は廃太子）が起こるだろうと、祈禱をさせてまで源氏の心を鎮め、何とか逃れようとしていたのだが、どうしたことか、源氏は深く謀って藤壺に近づき、夢のような時が過ぎた。

あまりのことに、藤壺はついに胸痛を訴え、あわてた女房たちが頻繁に出入りするので、逃れ出る時機を失った源氏は、塗籠《ぬりごめ》（納戸のような部屋）で夜を明かす。翌日、まさか源氏がいるとは知らない藤壺は、昼の御座に出て外を眺めている。塗籠から滑り出た源氏は、思い悩む気色の藤壺を、屏風《びょうぶ》の蔭から涙を流しながら見ている。その源氏を物語は次のように描く。

髪《かむ》ざし、頭《かしら》つき、御髪《みぐし》のかかりたるさま、限りなき匂はしさなど、ただかの対の姫君に違ふところなし。年頃、すこし思ひ忘れ給へりつるを、あさましきまでおぼえ給へるかなと見給ふままに、すこし物思ひの晴るけどころある心地し給ふ。

（訳）髪、頭のさま、御髪が肩に垂れているさま、限りないつややかさ等、ただあの対の姫君と違うところがない。この数年、すこし忘れていたのだが、驚くほどに似ているなあと思って御覧になるうちに、すこし物思いの晴らし所がある気持になられた。

以前に葵巻で、若紫を見て「ただかの心尽くしきこゆる人（藤壺）に違ふところ無くもなりゆくかな」と思ったのは、源氏二十二歳の冬であった。今は二十四歳だから、そのときから数えて三年目（実数だと一年数ヶ月）になるが、それはちょうど若紫との新婚期間にあたる。その間、若紫が藤壺に似ていることをうっかり忘れていたという。そしていま藤壺を見て「かの対の姫君に違ふところなし」と思う。源氏の心の中で、比較の主客が入れ替わっている。一年数ヶ月のうちに、若紫は源氏の心にしっかりと場を占めたのだ。昔の源氏なら、目の前に藤壺を見ながら、他の女に似ているなどとは思わなかったであろう。源氏の藤壺への執着はやわらぎつつある。——主客の転換はそのように読者に感じさせる。

源氏は我慢しきれず、御帳の内に入り込んで藤壺の衣の褄《つま》を引くと、藤壺は「あさましうむくつけう思《おぼ》されて」そのまま俯《うつぶ》せに臥した。「むくつけし」は、気味が悪い、恐ろしい、の意。泣き泣き恨み言をいう源氏を、藤壺は「まことに心づきなし（真実に不愉快）」と思い、返事もしない。藤壺、その夜は何とか上手に言い逃れて、無事に夜が明けた。

この辺りの描写、〈藤壺は本当は源氏を愛しているのだが、それを隠して源氏を避けようとしている〉ということではなく、源氏の行為は常軌を逸しており、藤壺は本心から源氏を恐れ避けようとしていると読める。どうしても藤壺を源氏から切り離す必要があるので、物語の描写もまたそのように表現されているのである。

このことがあって、藤壺は、このようなことが続けば困った噂が立つだろう、そうなれば呂大后《りょたいこう》に殺された戚《せき》夫人（漢の高祖《こうそ》の妃。高祖の死後、呂大后に手足を切られ、人豚と称して厠《かわや》に放置され、殺された）ほどの仕打ちは受けないとしても、世間の物笑いにはなるにちがいないと思い、出家を決心する。

一方、源氏は、藤壺の冷淡な態度に消息も絶え、内裏にも東宮にも参上せず、自邸に籠もっていたが、心を鎮めるために雲林院《うりんいん》に参籠する。その参籠から自邸に帰って、藤壺に紅葉に添えて文を送るが、藤壺の返事は東宮のことには頼りにしている旨を素っ気なく書いているだけである。藤壺の邸を訪れてもつれなさは変わらない。

そうしているうちに十一月になり、桐壺院の一周忌が来た。十二月十日過ぎに桐壺院追善供養のための藤壺中宮主催の法華八講《ほっけはっこう》があった。その法華八講の最終日、藤壺は出家を果たした。源氏は衝撃で目のくらむ思いがするが、もうどうしようもない。

源氏の執拗な接近を恐れた藤壺は、噂が流れ秘密が漏れて、東宮が位を追われる事態にならないように、源氏の接近を断つべく出家を決意した。そしてその出家が世間の疑いを招かないように、桐壺院の一周忌の追善供養の最終日を選んで決行した。これで世間は藤壺を桐壺院に殉じた貞節なる后と見なすであろう。源氏に対するメッセージと、世間に対する効果を綿密に計算したうえでの、この時しかないという瞬間を選んでの決行である。こうなれば源氏も諦めざるを得ない。

出家の後は、さすがの藤壺も慎重さが薄らいで、源氏が参上すれば、自ら直截に答えることもあった。源氏も、深い思いは心からすこしも離れないが、今は以前にもまして密事《みそかごと》はあってはならないことなのだ、と思う。この部分、原文では、参り給ふも、今はつつましさ薄らぎて、御みづから聞こえ給ふ折もありけり。思ひしめてしことは、さらに御心に離れねど、ましてあるまじきことなりかし。

とある。「思ひしめてし」以下は源氏の心中思惟《しい》のようでもあるが、それを地の文のかたちで書いている。語り手が源氏と一体になって語っている。源氏の心中の思いと客観的倫理規範とが一致しているということであろう。

出家をすれば、男女のことは邪淫戒《じゃいんかい》に触れるから、あってはならないことである。源氏のような男が邪淫戒を守るというのはおかしいのだが、もともと源氏との接触を断つための出家である。紫式部は、これ以後は源氏を男として藤壺に近づけることをしない。朝顔の姫君を斎院として源氏から遠ざけたのと同様に、藤壺の出家は、源氏との間には男女関係の再発はあり得ないことの保証であり、この物語の書き方における約束事の一つである。

こうして藤壺も源氏の男女関係の網から切り離された。この後すぐに朧月夜との密会露顕事件が起こり、須磨巻へと動いてゆく。賢木巻が終わる時点では、つま（連れあい・パートナー）としての立場のみならず、源氏との男女関係においても、紫の上を脅かし得る女性はもはや誰もいなくなった。紫の上を源氏の最愛のパートナーとするための基礎は固まった。

それで、物語は次のテーマに移る。源氏の一代記としては、后となるべき女児の誕生。紫の上との恋愛物語としては、紫の上のつまとしての立場の確立。この二つが源氏の須磨・明石退居と明石の君との出会いによって同時に達成される。准太上天皇に至る藤壺の流れはしばらく伏流することになる。ふたたび顕《あらわ》れるのは藤壺が崩御する薄雲《うすぐも》巻である。

第四章　明石の君――紫の上を守るための構想

明石の君の設定方針

光源氏の一代記の流れとして見れば、明石の君との出会いは后となるべき女児をもうけるための設定であるが、紫の上との恋愛物語の流れとして見ると、女児を生む女を登場させることは紫の上の強力な敵を登場させることでもある。何ゆえに強力な敵になるか。

紫の上と源氏の仲は正式な結婚ではなかったから、紫の上の社会的立場は源氏の愛情のみによって保たれている。そこに女児をもつ女が出現すれば、そしてその女が法的妻ではなくとも、忍びの愛人ではなく、もし紫の上と同じように待遇されれば、紫の上の社会的立場は相対的に軽くなる。愛情は別であっても、おのずから母親の立場は強い。

従来の一夫多妻制説では子をもつ女の有利さが強調されることがあったが、子をもてば誰でも有利になるということではない。妻は子の有無にかかわらず妻である。だが、非法的関係の女たち（妾や愛人や召人《めしうど》等）にあっては、子の有無が社会的立場を左右することがある。道綱の母が道綱の他にもさらに子を欲しがるふうがあり、町小路の女の出産に激しい敵意を示したのは、道綱の母の置かれた妾という立場に起因することでもあったのだ。だから、妻にあらざる紫の上としては、他に女児をもつ女が出現すれば、その女は大きな脅威となる。

作者紫式部はこの問題をどのように解決したのだろうか。

まずは明石の君の社会的立場をきわめて低く設定した。父親はもと播磨守《はりまのかみ》で、そのまま居着いて、今は入道している偏屈者である。だから、その娘は常識的には源氏の相手になり得る立場ではなく、源氏の随身《ずいじん》である良清《よしきよ》が自分の妻にと思っている、その程度の通婚圏にある女という設定である。しかも場所は都から遠く離れた明石。源氏にとっては旅住まいの寂しさの一時的慰めとする程度の相手である。女児という重石が加わってもまだ秤《はかり》は紫の上に傾き続けるように、明石の君自身をきわめて軽く設定した。

だが、将来の中宮の実母であるから、あまりに軽くしすぎると姫君の大きな傷になる。傷が致命傷にならないように、明石の君の血筋を高くした。父入道、もとは近衛の中将で、その父親は大臣であったから、そのまま都にいれば大臣にもなり得た家柄だったが、思うところがあって播磨守に転じた。その祖父大臣は桐壺更衣の父大納言と兄弟である。すなわち、源氏と明石の君とは又従兄弟《またいとこ》の関係になる。そして母北の方の祖父は中務卿《なかつかさきょう》親王である。今は明石の浦に侘《わ》び住まいしているが、もとをたどれば明石の君は大臣家にも皇室にも繋がり、光源氏とは又従兄弟でもあるとの設定である（図10参照）。

図10　明石の君の系図

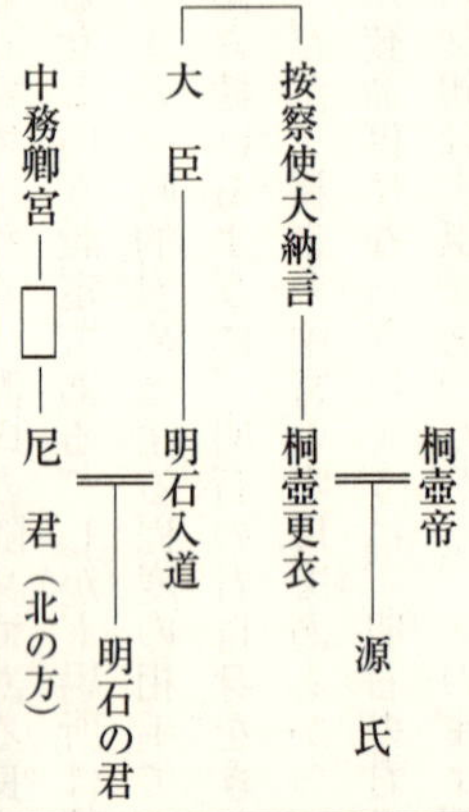

源氏の正式な「妻」ではない「つま（連れあい）」としての紫の上を脅かさない軽い存在と、将来は后となるべき女児（後の明石中宮）の実母としての重い立場との難しいバランスを、紫式部は何とか保とうとしている。その微妙な操作が明石の君と源氏との関係のあらゆる場面で行われている。

源氏の思惑

明石入道は娘（明石の君）を源氏に娶《めあわ》せるべく、源氏を須磨から明石に迎える。そして入道は、娘の扱いに苦慮していることを折々に源氏に漏らしていたが、一月《ひとつき》ほど経った初夏四月、娘が生まれてより思うところがあって、住吉の神を頼みとし、娘を都の貴人に奉ろうと深く心に決めていたこと等を泣き泣き語り訴えた。

源氏はそれを聞いて、何ゆえに無実の罪に当たってここに漂ってくることになってしまったのか、不審に思っていたが、それではこれは前世の契りだったのでしょうといい、明石の君と逢うことを承諾する。ただし、源氏は「心細き独り寝の慰めにも」という言い方をする。旅中の独り寝の寂しさの慰めであって、明石の君を正式な妻としてはもとより妾のようなものとしても扱うつもりはまったくない。源氏と入道の立場を考えれば、これは当然の言葉である。

だが、源氏は紙も筆跡も念入りにととのえて、独り寝の慰めの相手であれば贈る必要のない恋の和歌を明石の君に送る。入道はその使者を歓待し酒を振る舞う。婚姻儀礼における艶《えん》書《しょ》の使いになぞらえているのである。入道は儀礼を踏んだかたちにしたいのだ。娘は返書を書き渋るので、入道が代書をした。翌日、源氏からふたたび消息があり、今日は自筆をとある。明石の君は身分違いを考えると返書を書く気も起こらないが、入道に強いていわれて、やっと返歌を書いた。こうして源氏と明石の君のかかわりが始まった。

作者紫式部は二人の始まりをたんなる召人のようなかたちにはしなかった。これは前述した姫君の実母としての明石の君への配慮の一つである。

源氏は、入道の娘に気があると他人に思われたくない。それで、人目に付かぬよう二、三日おきに、周囲の者に恋文だと悟られないような折を選んでは文を送る。随身の良清が自分のもののようにいっていたのを横取りするかたちになるのも気の毒と思って、「あちらが積極的に参るならば、そういう者としてうやむやにしてしまおう（人進み参らばさる方にても紛らはしてん）」と源氏は思うのだが、二人の間のあまりにも大きな身分の差ゆえに、女の心は動かない。身分違いの男女関係の結末がどうなるか、火を見るよりも明らかだからである。なかなか折れてこない女の振る舞いは、都の高貴な身分の者よりも気位が高く、いまいましいと源氏には思われ、意地の張り合いといった感じで時が過ぎる。源氏は、女の方から進んで来たのでやむを得ず相手にしたというかたち、要するに召人のかたちにしたいのだ。「さる方にても紛はす」とはそういうことである。

作者紫式部としては、明石の君の立場が世間的に紫の上より重くなるようなかたちは避けなければならない。その工夫が、「とかく紛はしてこち参らせよ」に示される、表だっては扱いたくないという源氏の思惑の確認であり、明石の君本人の身分差の自覚の強調である。

夏が過ぎて、秋七月になった。源氏は、独り寝が本当にわびしくて、入道に「何とか人目をごまかして、娘をこちらに参らせよ」と折々にいうのだが、女には動く気配がまったくない。源氏が入道邸を訪れれば、女を源氏のもとに伺候《しこう》させるのとは異なって、女をより重く扱うことになる。正式な結婚ではもとよりないが、親の承認のもとに相手の家に通うというかたちは、藤原兼家における道綱の母と同じ程度の扱いになる。そのような女ができたと、都の者に知られたくない。そんな噂が紫の上の耳に入ることを源氏は避けたいのだ。

忍びの通い

入道には住吉の神の導きという確信があるのだが、それでも、源氏の本心も娘の宿世《すくせ》もわからぬままに源氏と娶せることへの一抹の不安はある。まして明石の君本人は、仮そめに下向してきた都人と軽率に交われば、男は自分のような田舎女を物の数とも思っていないのだから、後でひどい物思いをすることになり、親たちにもかえって心配をかけることになるだろうと考え、思いもかけず和歌の遣り取りをし、琴の音を風のたよりに聞き、日々の御様子をこまごまと知り得ることだけでさえ、明石の浦の海人《あま》たちの中に朽ちてしまったような我が身には過ぎたことと思うにつけ、ますます気後れして、これ以上に源氏に近づくことはまったく思っていない。

八月の半ば、母親の心配をよそに、入道は自ら準備を調えて源氏を誘う。そうして初めての一夜が明け、人に知られたくない源氏は、懇ろに言葉をかけおいて早々に帰って行った。女のもとから帰った朝に送る、いわゆる後朝《きぬぎぬ》の文《ふみ》はあったのだが、それを物語は、

御文、いと忍びてぞ今日はある。あいなき御心の鬼なりや。

（訳）御手紙が今日はひどく人目をさけて有った。無くもがなの御良心の呵責《かしゃく》ですよね。

という。これまでも源氏は周囲の目を警戒して、明石の君との文の遣り取りを恋文と悟られないように、あえて人目を避けないで送っていた。それを後朝の今日にかぎって「いと忍びて」送った。親も承諾しているから、本来なら後朝の今日こそおおっぴらに送るのが作法である。人に知られまいと慌ただしく帰ることといい、後朝の文を人目を避けて送ることといい、源氏は明石の君との関係を周囲に隠しておきたいのである。

そんな源氏を、物語の語り手は「あいなき御心の鬼なりや」とからかう。誰が聞いてもあまりにも身勝手な態度だから、予想される聞き手（読者）の反応に語り手が先手を打って、源氏を批判しているのである。作者紫式部は、語り手にからかわせると同時に、源氏が送ったはずの後朝の和歌そのものをも紹介しないというかたちで、明石の君の扱われ方の軽さを示そうとしている。

二人の関係を隠しておきたいという源氏の意図は、入道にもはっきりわかるので、入道方でも情報が漏れないようにと気遣いして、後朝の文の使者の接待をひかえる。通常は賑《にぎ》やかに酒食を振る舞い、被《かず》け物《もの》（引き出物）を与える。それができないことを入道は残念だと思う。なぜなら、親の承諾のもとに始まった関係であっても、これでは世間的には忍びの愛人ということになるからである。

源氏との関係は、父親の積極的な誘いによるので、物語にはその記述はないけれども、三日夜の餅を食べたと想定してよいかもしれない。それでも、決して儀式に則《のっと》った結婚ではない。習俗的側面にかぎっても、世間に公にされていない以上、儀式としての意味はない。実際、その後も、源氏は噂を警戒して「忍びつつ、時々おはす」という状態である。

紫の上に諒解を求める

源氏が明石の君とのことを隠そうとするのは、二条院に残っている紫の上がこのことを聞いて、源氏には隔て心があると思うのがつらいからである。しかし、いつまでも隠しておけることではないから、噂はいずれ都に届くであろう。それでその前にと、源氏は自ら紫の上に打ち明けることにし、紫の上に送った手紙の最後にさりげなく「ものはかなき夢」を見たことを告げ、自分から告白したことを隔て心がない証拠と思ってほしいという。

紫の上は何気ない返事のなかに、さすがにちらりと恨みの気持を漏らす。


うらなくも思ひけるかな契《ちぎ》りしを松より波は越えじものぞと

（訳）疑いもせずに思っていたことです。波は松を越えることはない——浮気心は決してもつことはないと、そう約束してくださったことを。

源氏はその手紙を見て、紫の上への思いが心をしめ、その後は久しく明石の君のもとへの「忍びの旅寝」もしない。物語は、源氏の訪れの間遠になった明石の君の悲しみを述べ、引き続いて、源氏は月日が経つにつれてますます明石の君を愛《いと》おしいと思うのだが、その一方で、不安な気持で年月を過ごしている「やむごとなき方（大切な方）」である紫の上があれこれ想像して心を痛めているだろうことが気の毒で、源氏は明石の君のもとにも行かず「独り臥しがち」で過ごしている、と述べる。帰京後に紫の上に見せるべく絵日記を書くのもこの頃である。そして同時に都でも、紫の上が我がありさまを絵と日記とに書いている。都の紫の上と明石の源氏とが期せずして同じことを思い、同じことをなしている。二人の身は遠く離れていても、心は一つに通いあっている。この二人の間に明石の君の割り込む余地はない。明石の君との関係が始まった直後に、この紫の上との手紙の遣り取り、独り寝、絵日記の場面を描くことで、作者紫式部は、源氏における紫の上と明石の君との重みの差を読者に対して明確に印象づけようとしているのであろう。これも紫の上のために明石の君を軽くする作者の工夫の一つである。

源氏の須磨行で紫の上の立場は強化される

時間をすこし遡って、源氏の須磨下向が紫の上のつまとしての立場に何をもたらしたかを見ておこう。

源氏の須磨退居は貴種流離譚（貴い身分の者が苦難の流離を経てふたたび栄華を取りもどすというパターンの話）に拠っているといわれているが、その話型はそれとして、紫式部は常に一つの事件に複数の役割を与える。その緻密な計算によって事件は構想の中に位置づけられ描かれる。須磨退居の場合は、明石の君との出会い（后となるべき女児の誕生）と紫の上のつまとしての社会的立場の確立である。

源氏が須磨に去ってしまえば、紫の上に頼るべき人はいない。権力を失った者に対して世間は冷淡である。源氏が権力の座から滑り落ちたとなれば、まして紫の上を庇《かば》う者は誰もいない。父親王はもともと娘のことはいいかげんにしか考えていなかったので、こうなると、世間の評判を気にして、便りもよこさず、訪れもない。継母（親王の北の方）の「にわかに転がり込んだ幸運のなんと落ち着かないこと。ああ、縁起でもない。母親にも祖母にも、また今度も、思う人には次々お別れになる人ねえ」という言葉が、回りまわって紫の上の耳に届く。紫の上はひどく情けなくて、こちらからもまったく連絡を絶った。思いがけない「幸ひ（幸運）」に恵まれた者がその幸運に逃げられてゆくのは、世間には、とくに因縁ある人々には楽しい話題なのだ。実際に、源氏以外に紫の上を守る人はいないから、須磨に下る源氏に劣らず、紫の上もまた厳しい試練に直面していた。

そのことがわかっているので、源氏は、須磨への退居に先立ち、独り都に残る紫の上に対してさまざまな配慮をしている。時勢に靡《なび》かない者（すなわち弘徽殿大后《こきでんのおおきさき》方に靡かない者）を選んで二条院管理の実務者を定め、須磨に携行する書籍・琴以外の調度品はみな紫の上に管理を委任した。さらには荘園・牧場をはじめ然るべき所々の地券なども、みな紫の上に預けた。それ以外の二条院内の蔵や納殿《おさめどの》（貴重品を収納する建物）は源氏に親しい家司《けいし》を補佐役として少納言（紫の上の乳母）に管理させ、その措置をこまごまと言い置いた。源氏の召人である中務や中将等をはじめ女房たちに対しても、私の帰りを待とうと思う者は西の対《たい》（紫の上）に仕えよといって、みな紫の上に仕えさせた。

紫の上は二条院に関する人と物との管理を委託されたのである。しかも荘園等の地券も紫の上に預けられた。本文には明記されていないが、おそらく二条院の地券も預けられたであろう。もし源氏が旅先で命を失うことがあったなら、それらの土地はみな地券をもつ者の所有となるから、紫の上がそれらを継承することになったであろう。それほどの配慮を源氏は示したのである。それらの事々はおのずから世間に伝わるので、紫の上の立場は揺らぐことなく、源氏の紫の上に対する強い信頼と重い待遇とによって、むしろ世間的にもつま（連れあい）としての立場を確固たるものにしたのである。

源氏が須磨に下ったのは源氏二十六歳の晩春、帰京は二十八歳の秋。その間、二年数ヶ月であるが、その年月は紫の上にとって試練であると同時に、源氏のつまとしての世間的立場の確立の時間でもあったといえよう。

源氏の帰京

須磨に下ってより二年余が過ぎた、源氏二十八歳の秋七月、二度目の召還の宣旨《せんじ》があり、源氏は京に帰ることとなった。病に悩む朱雀《すざく》帝は、東宮（後の冷泉《れいぜい》帝。実は源氏の子）に位を譲ろうと決心し、源氏を憎む弘徽殿大后の意にも背いて、新帝の後見役として源氏を呼びもどすことにしたのである。

別れが近づくにつれ、源氏の明石の君への訪れはかえって頻繁になり、いよいよ明後日という日、いつもよりは早く女のもとを訪れた。それまでは夜になってからの訪れだったので、女の容貌をまだはっきりとは見ていなかったのだが、とても風情があり気高い様子に、これほどとはと、あらためて驚き、京に迎え取ろうと思うようになる。明石の君にもそのことを約束し慰める。それまで源氏は明石にいるときかぎりの「心細き独り寝の慰め」と思っていたのだが、ここに至って、それだけでは終わらせたくないと考え始めたのである。

この後、明石の君には女児が生まれ、源氏に呼ばれて京に上ることになるが、作者紫式部は、女児の実母としての自己主張をさせないために、明石の君に「身のほど」の自覚を深く徹底させることになる。

明石の君は、女もまた明るいときに源氏の容貌等を間近にはっきり見たのは初めてであったにちがいないが、そのすばらしさにかえって我が身の賤《いや》しさを思う気持が尽きない（我が身のほどを思ふも尽きせず）、とまず描く。

翌年の三月十六日に女児が誕生したとの報《しら》せが都に届く。源氏は宿曜《すくよう》の予言――御子は三人生まれ、帝と后とが必ず生まれる。二番目の劣ったものは太政大臣として位を極めるであろう――の実現を思い、乳母の派遣をはじめ、なにくれと配慮を示した。

その一月《ひとつき》前の二月、冷泉帝（源氏の子）が即位し、源氏は内大臣として帝を後見し、権勢を振るうことになる。そうしてその秋、源氏は住吉の神の願ほどきに参詣する。上達部《かんだちめ》・殿上人《てんじょうびと》は我も我もと付き従う。その同じ日に、明石の人々もまた参詣に来ていた。源氏の盛大な行列を見て、源氏の一行とは知らぬまま、近くの者に「誰が参詣しているのか」と尋ねると、とるにも足らぬ下賤の者さえが「内大臣殿が御願果たしに参詣なされているのを、知らない者もいるものよ」と我がことのように自慢げに笑う。

明石の君は、源氏の行列を遥か遠くに見るにつけても、我が身のほどを情けないと感じ、このような大騒ぎになっている御参詣のことを知らないで、のこのこ出てきたのは、いったいどのような罪深い身ゆえなのかと思うと悲しくて、人知れず涙を流した。都の源氏と自分との間にある決定的な隔たりを、こうして明石の君はあらためて深く自覚させられた。

明石の君の上洛

源氏が明石の浦を去って三年、姫君が誕生して二年余が過ぎた、源氏三十一歳の秋、明石の君は母尼君とともに京に上ることになる（松風《まつかぜ》巻）。それまで源氏に幾度も上京を促されていたのだが、明石の君は「我が身のほど」を思い知り、しかも都の高貴な身分の女たちでさえも、続くとも切れるともない源氏の態度のつれなさに物思いを募らせているらしいという噂を聞くと、まして自分はその中に入っていけるほどの身分があるわけでもなく、もしその中に入っていけば、この姫君の面目を汚すような、物の数でもない我が身の賤しさが表沙汰になるだけのこと、あの方とはたまさか何かのついでのお越しを待つのがせいぜいで、世間の物笑いとなり、きまり悪いことがたくさんあるにちがいない、と思う。その一方でまた、姫君がこのような田舎で成長して、人並みの扱いをされなくなるのもいたましいと、思い悩んでいた。

姫君を明石の地で育てることが許されないとなれば、明石の君の悩みを解決するとりあえずの方法は、やむを得ず都に出るとしても、都人との交じらいを極力避けることである。それで、父入道は、尼君の祖父中務卿宮から伝領した別荘が大堰川《おおいがわ》の近くにあるのを修理し、そこに明石の君を住まわせることにした。明石の姫君とその母親をどうするかは光源氏の考えしだいだから、後はどうなるかわからないが、当面の困難は切り抜けられる。これで明石の君には「数ならぬ身のほど」が世間の物笑いとなることなく上洛する見通しがついた。

作者紫式部が、明石の君が源氏の用意した邸宅には直截《ちょくせつ》入らず、洛外の大堰の別荘に住むという筋立てにしたのは、明石の君の立場を守るという以上に、姫君を世間から守るためであった。もし、明石の君が、源氏の本邸である二条院であれ新築の二条東院であれ、そこに移住すれば、おのずから姫君も同伴してのことになる。そうすれば、その時点で姫君の素姓が、僻遠《へきえん》の明石の浦で育った女との間に生まれた娘なのだと、都中に知れ渡ってしまう。それは姫君の疵《きず》となり、行く行くは姫君を后にと思っている源氏には大きな痛手である。それでも、姫君が明石の地で育てば「もう一段世間体の悪い疵（いま一際《ひときは》人わろき疵）になるかもしれない」と源氏は思っているので、姫君の実母が田舎育ちの明石の君であることを世間に隠し通すことはできないにしても、ともかく都に上らせたかったのである。

ところが、明石入道は娘を大堰の別荘に住まわせるという。源氏は、大堰の別荘のことを聞いて、他人との交じらいが苦痛だといっていたのはこういう計画があったからなのだなと納得し、気の利いた配慮だと感心している。姫君の素姓が都人にあらわになるのを避け得たことを心密かに喜んだであろう。このあたりの紫式部の筆の運びにはつくづく感心させられる。

さて実際に上京という段になると、源氏は、姫君が明石の地の生まれであること（実母が明石の君であること）を隠しておきたい。それで、迎えの使者も源家に親しい者を選んでひどく人目を避けて（いみじう忍びて）遣わした。その意図は父入道にも伝わる。入道は、都からの人々が極端に人目を避けているので（あながちに隠《かく》ろへ忍ぶれば）、上洛は船で忍びやかに、と決めた。めでたい旅立ちではあるが、姫君の素姓を隠し通そうとする源氏の意志がはっきりしている以上、それに逆らうことはできない。

姫君を紫の上に譲る

明石の君が大堰の地に移ってからも、源氏の「忍び」の配慮は変わらない。紫の上には嵯《さ》峨《が》野《の》の御《み》堂《どう》造作の様子を見に行くのだと偽って、人目を避け（忍びやかに）、先払いも親しい者だけに限って、明石の君に逢いに行くのだとはわからないように用心して出かける。明石の君を隠すのが第一の目的ではない。母親とともにいる姫君を我が手許に引き取るまでは、姫君の存在を世間に隠しておきたいのである。

源氏は明石の君に向かって、「ここは遠くて通うのは難しいから、やはり私が心づもりしていた所に移りませんか」と誘う。しかし、明石の君はもともと源氏の誘いを断って大堰に移ったのだから、いま源氏の用意した屋敷（二条東院）に移ることを承知するはずもないことは、源氏にもわかっている。だからこの源氏の言葉は、通いは間遠になることを告げているのと同時に、本人が移らないのであれば、いずれ姫君だけでも移さざるを得なくなるであろうことの予告でもある。源氏は姫君を見つめつつ、二条院に移して心ゆくまで大切に育てたなら、後々の世評も疵がつかないですむだろう（後のおぼえも罪まぬかれなむかし）と考えている。明石の君のもとに姫君を置いておけば、姫君のためには疵になる。

そこで源氏は、明石の女への疑いを解かず不機嫌な紫の上を慰めつつ、「あの女のところでかわいい幼子を見たので、宿縁は浅いとも見えないのだが、だからといって、その女を人並みに扱うのも憚《はばか》りが多いので、どうしたらよいか、困っている。私と一緒にいろいろ考えて、あなたのお考えで決めてください。どうしたらよいだろうか。ここでお育てなさいませんか。無礼なとお思いでないなら、袴着《はかまぎ》の折の腰結《こしゆ》い役もなさってください」と語りかける。源氏にここまでいわれれば、紫の上に選択の余地はない。「どんなにかかわいい年頃でしょうね」といってすこし微笑《ほほえ》んだ。小さい児をとてもかわいがる御性格なので、引き取って大切に育てたいとお思いになった、と物語は紫の上を描く。こうして引き取る側である紫の上の承諾は得た。難しいのは明石の君の説得である。

物語は松風巻から薄雲巻にかわり、秋が過ぎて冬のある日、源氏は例によって二条東院への移居を勧めるが、明石の君はさまざま思い乱れて決心できない。すると源氏は「それでは、この若君をあちらに。考えていることもあるので、このままでは具合が悪い。若君のことを耳にして、対《たい》にいる人がいつも見たがっているので、しばらく慣れさせてから袴着も盛大にしようと思っている」と、冗談抜きで姫君の譲りをもちかけ、対の人（紫の上）には子がいないこと、前斎宮（六条御息所《ろくじょうのみやすどころ》の娘）も世話したことなど、紫の上の性格のよさを語る。

明石の君にも源氏の思惑はとうにわかっていたことであり、自分のような者が紫の上と肩を並べることはあり得ないのだから、姫君の将来のためには幼いうちに譲った方がよいこともわかっている。しかし、姫君を手放せば、源氏はもう見向きもしないだろうし、心の慰めどころもなくなるのではないかとも思い、さまざまに心乱れてなお決めかねている。

源氏が姫君を紫の上にと決めている以上、明石の君に選択の余地はない。明石の君も譲るのがよいとわかっている。その背中を押すのが母尼君である。光源氏その人をも例に引きつつ語る尼君の説得の言葉は、明石の君の置かれた立場のみならず、平安時代の母と子が置かれている婚姻をめぐる環境をも明確に反映しているので、すこし長くなるが、原文をそのまま引用する。

「母方からこそ帝の御子《みこ》もきはぎはにおはすめれ。この大臣《おとど》の君の、世に二つなき御有様ながら、世に仕へ給ふは、故大納言のいま一階《ひときざみ》なり劣り給ひて、更衣《こうい》腹《ばら》と言はれ給ひしけぢめにこそはおはすめれ。ましてただ人は、なずらふべきことにもあらず。また親王《みこ》たち大臣の御腹といへど、なほさし向かひたる。劣りの所には、人も思ひおとし、親の御もてなしもえ等しからぬものなり。ましてこれは、やむごとなき御方々にかかる人出《い》でものし給はば、こよなく消《け》たれ給ひなむ。程々につけて親にも一節《ひとふし》もてかしづかれぬる人こそ、やがて貶《おとし》められぬ始めとはなれ。御袴着のほども、いみじき心を尽くすとも、かかる深山隠《みやまがく》れにては、何の栄《は》えかあらむ。ただ任せきこえ給ひて、もてなしきこえ給はむ有様をも聞き給へ」と教ふ。

（訳）母尼君は「母方によってこそ帝の御子もそれぞれの身分でいらっしゃるようです。この大臣の君（光源氏）がこの世に並びないほどのすぐれたありさまでありながら、臣下としてお仕えなされているのは、母方の父大納言の御位がいま一段劣っていらっしゃって、更衣腹といわれなされた、その差のせいのようです。皇子でもそうなのですから、まして臣下の場合は比較にもなりません。また親王や大臣の娘腹の御子であっても、やはりなんといっても向かい腹（正妻腹）です。劣り腹の子は、世間も軽く思い、親のお扱いも向かい腹の御子とは等しくはできないものです。ましてこの姫君は、高貴な方々に御子がお生まれになれば、すっかり圧倒されておしまいになるでしょう。その身分にふさわしく、親にも大切に育てられた人こそが、そのまま世間から貶められないことになるのです。御袴着のことも、どんなに一所懸命にしても、こんな山奥の住まいでは何の見栄えがありましょうか。ただ大臣の君にお任せなされて、姫君をお扱いなさる様子なども、お耳になされるようになさい」と諭す。

この「思ひやり深き人（先々まで深く思慮をめぐらす人）」である尼君の言葉は、前に第一章3節「嫡子と庶子の差」（三三頁）で見た、摂関時代の婚姻の現実をそのまま反映しているといってよいであろう。向かい腹（正妻・嫡妻の子）と劣り腹（正妻以外の女から生まれた子）とによる親の扱いの差は、道長にも師輔《もろすけ》にも見られた。「親の御もてなしもえ等しからぬものなり」の「え…打消」が不可能をあらわすことは古典文法の基本だが、ここに「え…打消」を用いているのは、親個人の意志だけではどうにもならない側面があることを示している。先述の道長の娘の史実に照らせば、それも納得されることであろう。語り手が尼君の言葉を「……と教ふ」と結ぶのは、都における世間の道理と身の振る舞い方とを、若い明石の君に教え諭しているのである。母に劣らず思慮深い明石の君は、教えられなくてもそれはわかっているが、心の整理がつかなかった。それをいま母尼君は、冷静に光源氏の例まで持ち出して、姫君の将来のために、ためらう娘の背中を押したのだ。

源氏はようやく明石の君の承諾を取り付けると、袴着の準備を「忍びやかに」始め、冬十二月、姫君を二条院に迎え取った。暗くなる頃に二条院に着くように差配しているのは、まだ人目に立つことを避けたいからである。袴着も十二月のうちに行われた。それも格別大げさにはせず、その日の参列者も、二条院はもともと客の出入りの多い所なので、ひどく目に立つこともなかったと、物語はいう。

要するに、源氏は今はまだ姫君が世間の注目を引くことを避けたい。姫君の疵にならぬように、実母が明石入道の娘であり、姫君は明石の地で生まれたのだということを、是非とも隠しておきたいのである。

卑下する明石の君

姫君を紫の上に譲ったことにより、物語における明石の君の基本的役割は終わった。明石の君が娘を紫の上に譲ったということは、明石の君は母親としての諸権利を失ったことを意味する。今風にいえば、親権が紫の上に移ったのである。これ以降、紫の上は姫君の母親として振る舞うことになる。

姫君が紫の上の養女となって後は、紫の上が母親であるから、姫君が東宮妃―女御―中宮となることにともなう母親としての公的な栄誉は、すべて紫の上に与えられる。明石の君は世間から「幸ひ人（運のよい人）」と呼ばれたが、明石の地に育った女が源氏に愛され、しかも子を生んで中宮の実母となり得たことが幸運なのであって、それ以上ではない。

光源氏も決して実母の立場を強くしようとはしない。姫君の裳着の折にも、母親の心を哀れんで、裳着の場に呼ぼうかとも思うのだが、結局は世間を憚ってそうしない（梅枝《うめがえ》巻）。世間は実母明石の君を受け入れない。その世間を憚って、源氏は明石の君を表に出すことをしない。後に姫君が入内《じゅだい》するとき、紫の上の温情により明石の君は姫君の世話係（要するに源家派遣の女房である）として付き添うことになるが、世間はなおこの母親が付き従うのを姫君にとって「疵」だと非難している（藤裏葉《ふじのうらば》巻）。

源氏の明石の君に対する扱いは、その後も変わることがなかった。むしろ一層強く卑下の振る舞いを求めた。話は第二部の若菜上巻にとぶが、明石入道は死を覚悟して長い手紙を京に送る。国母《こくも》（天皇の母親）となるべき運命をもつ女児が生まれるだろうという住吉の神の夢告げをはじめ、娘を源氏に託した事情を詳細に記したこの手紙を読んだ明石の君は、これを姫君に託すとき、「対の上の御心、疎《おろ》かに思ひきこえさせ給ふな」と言い添える。「対の上」は紫の上。尼君の昔語りで我が身の本当の出自を知ってしまっている姫君が、国母への道は神により定められた宿運であって、養母の力ではなかったと思い、養母紫の上を粗略に扱うようになることを恐れたのである。

実母である明石の君は、姫君に対して養母の恩を忘れるなと訓戒するのだが、この手紙を読んだ光源氏は、明石の君に対して「あなた(あちらの方、すなわち対の上)の御心ばへを疎かに思《おぼ》しなすな」とまずいう。明石の君が姫君に感じた恐れを、源氏は明石の君に対して感じたのである。続けて源氏は、そなたは物の道理を心得ているから、紫の上と二人心をあわせて姫君の世話をするように、と教訓する。明石の君がそれに応えて「きまり悪いほど人並みに扱って、お言葉をかけてくださいますので、かえって恥ずかしいほどです」と、紫の上への謝意を表すと、源氏はそれに冷水を浴びせるように言葉をかぶせる。

その御ためには何のこころざしかはあらむ。ただこの御ありさまをうち添ひてもえ見たてまつらぬおぼつかなさに、譲りきこえらるるなめり。それも、また、とりもちて掲焉《けちえん》になどあらぬ御もてなしどもに、よろづのことなのめに目やすくなれば、いとなむ思ひなくうれしき。

(訳) そなた(明石の君)に対してはどれほどの好意もあるわけではない。ただこの姫君の御様子を身近に付き添って御世話申し上げることができない、その気がかりゆえに、姫君の御世話を委ねなされているのだと見えます。そのことにつけてもまた、独りで取り仕切って目立とうなどとなさらない御振る舞いゆえに、何ごとも穏やかで体裁がよくなるので、心配もなくてとても嬉しいのです。

ここで源氏がいっていることは、自分の立場を勘違いするな、出過ぎた振る舞いはするな、ということである。それを聞いて、明石の君は「さりや、よくこそ卑下しにけれ（思ったとおりだ、よくぞ卑下してきたものだ）」とこれまでのことを思い続けたのであった。「さりや」は、やはりね、の意で、予想が的中したときの言い方である。

明石の君は、源氏の自分に対する処遇の厳しさ、許容の限度をよく理解していた。それゆえ、許容の限度を踏み越えないように卑下してきた。源氏の本心をあやまたず推量し、紫の上の好意にも狎《な》れることなく、ずっと卑下の態度を崩さずにきたことへの自賛の気持が「よくこそ卑下しにけれ」に籠められている。源氏に、そなたは物の道理がわかっているからなどと持ち上げられて、つい「きまり悪いほど」云々と口にしてしまったのは、その限度を越えかけた一瞬だったのである。だが、源氏は明石の君が限度を越えることを決して許さない。明石の君を表に出そうとはしない。それは作者の構想の問題でもあるが、平安時代の婚姻をめぐる社会の反応の反映でもある。

実母と養母

明石の君は父入道の確信と強い意志とによって源氏と結ばれた。その娘は中宮にまで昇ってゆくが、そのためには自らの母親としての立場を捨てざるを得なかった。父入道が家の断絶と引き換えに娘を源氏に逢わせたのと同じく、明石の君は母親の立場を放棄することによって姫君の未来を開いた。母親としての世俗の栄誉はすべて養母紫の上のものである。

明石の君の当初の役割は、娘を紫の上に渡した時点で終わった。後は紫の上とも波風立てず表に出ず、静かに姫君の世話を行えばよいのであったが、新たに若菜巻以降が構想され、物語内の時間が延び、明石の姫君は女御となる。そうなると、女御の実母という立場はおのずから重いから、源氏はあらためて、出過ぎるな、立場を忘れるなと釘《くぎ》をささざるを得ないことになった。釘をさされた明石の君が、紫の上に押されがちの女三宮の境遇を思い、「わたしの宿世はとてもすばらしい」と感じ、「今はもう恨みたくなるようなことは何もない」と満足してしまうのは、作者の構想の工夫として、実母が身のほどゆえに卑下し続けることで紫の上の立場を脅かすのを避けるようにした、藤裏葉巻までのそれと同じである。

その後、冷泉帝が退位し東宮が即位した。それにともない明石の女御所生の親王が皇太子となり、女御は寵幸《ちょうこう》並びなきさまであった。そのようになっても、明石の君と女御の母娘は、賢くもともにその振る舞い方を変えなかった。若菜下巻には次のように描かれている。

女御の君、ただこなたをまことの御親にもてなしきこえ給ひて、御方は隠れがの御後見《うしろみ》にて卑下し物し給へるしもぞ、なかなか行く先頼もしげにめでたかりける。

（訳）女御の君は、ひたすらこちら（対の上＝紫の上）を本当の親として御対応なされ、明石の御方は、隠れ家の御世話役として卑下していらっしゃるのが、かえって行く末も頼もしげですばらしいことである。

明石の君は表に出ず卑下してこそ、本人も、また姫君の将来の安泰も約束される。『源氏物語』は、明石の姫君の皇子である新東宮が即位しないままにその時間を閉じるが、もし仮に物語の世界が現実のものだとして、明石の女御所生の皇子（東宮）が即位し、明石の女御が国母（天皇の母）となったとき、天皇の実の祖母としての明石の君はどのような待遇を受けることができるだろうか。

史実としては、皇后（中宮）の母親は、道長の正妻である倫子が一位を賜っているが、これは特別として、通常は二位、三位を賜る。しかし、明石の君は「世に知られたるおや」すなわち公的な親ではないから、その例はあてられない。もし明石の姫君が義理堅く養母紫の上に孝養を尽くそうと思い、源氏の嫡男である夕霧もそう思えば――匂兵部卿《におうひょうぶきょう》巻で、夕霧は、対の上が生きていたなら、どんなにか心を尽くしてお仕えしたであろうに、ほんのすこしも私の気持をわかっていただける機会もないまま亡くなってしまわれたと、残念にも悲しくも思い出しているので、夕霧は必ず紫の上に孝養を尽くしたであろう――、紫の上が生きていればもとより、死後でも、まず紫の上に后の母親（天皇の祖母）としての位が追贈されるであろう。その後に、孫である天皇が母后の実母を哀れんで、贈位する可能性はある。しかし、それも明石の君が生存中は難しい。死んで後の追贈というかたちになるであろう。

史実を見ると、醍醐《だいご》天皇の実母藤原胤子は宇多《うだ》天皇が即位する以前からの妻であり、元慶《がんぎょう》九年（八八五）すでに後の醍醐天皇を生んでいた。仁和《にんな》三年（八八七）宇多天皇が即位し、胤子は翌年更衣となり、寛平《かんぴょう》五年（八九三）正月、従四位下女御となった。同年四月敦仁《あつぎみ》親王（醍醐天皇）が東宮に立った。ところが、仁和四年入内した藤原基経《もとつね》の娘温子は直ちに女御となり、寛平五年には正三位、醍醐天皇の養母となって、寛平九年天皇即位にともない皇《こう》太夫人《たいふじん》（中宮）となった。実母胤子はその前年の寛平八年に歿したが、そのときは従四位下の位はそのままで、醍醐天皇の即位後に皇太后を追贈された。実子が東宮になったときには何の恩賞もなかった。

天皇の実母で、しかも女御の場合であってもこのようである。明石の君は、天皇の母后の実母とはいえ、公には紫の上が后の母親であるから、明石の君への扱いはさらに軽くなるはずである。しかし、仮に死後の追贈にしても、明石の姫君（后）が、紫の上の他に明石の君にも母親としての栄誉を与えたいと我を張るだろうか。紫の上に孝養を尽くしたいと願っていた夕霧が、それを許すだろうか。これまでの物語の設定を延長するかぎり、明石の君には追贈さえもあり得ないことであろう。

匂兵部卿巻に明石の君の最晩年の様子が記されている。

二条院とて造り磨き、六条院の春のおとどとて世にののしりし玉の台《うてな》も、ただ一人の末のためなりけりと見えて、明石の御方は、あまたの宮たちの御後見《うしろみ》をしつつ、あつかひきこえ給へり。

二条院には匂宮が住み、六条院の春の殿《との》には二宮と女一宮とがいる。みな明石中宮の御子である。だから、二条院も六条院も「ただ一人の末」明石の君の子孫のために造られたのだと見えるという。作者は、卑下し続けた明石の君の一生の終わりに、光源氏と紫の上という重石《おもし》のなくなった晩年になって、わずかに慰めを与えているのかもしれない。しかし、この六条院も夕霧の管理下にある。その夕霧は紫の上にこそ孝養を尽くしたいと思っていた。やはり明石の君は、孫たちの世話を慰めとするほかないであろう。

裳を着ける明石の君

源氏は明石の君をどのように処遇したか、世間にはどう見られていたかを、ここであらためて確認しておこう。

源氏が、初めは明石の君を明石滞在中の「独り寝の慰め」として、その時かぎりの関係にしておきたいと思っていたこと、入道邸に通うようになってからも二人の関係を隠そうとしていたこと、明石の君が姫君をともなって上洛するさいも大堰の邸に入ってからも、やはり人目を忍ぶことに努めていたこと、これらの事々は前に述べたとおりである。それは紫の上に対する配慮であり、また姫君の出自を隠すためでもあった。

薄雲巻で姫君を紫の上に譲って後も、源氏のその方針は変わらない。源氏はその後、六条京極に六条院と称される四町《まち》の広大な邸宅を造営し、そこに紫の上、秋好中宮《あきこのむ》（六条御息所の遺児）、花散里《はなちるさと》そして明石の君を住まわせることにした（少女巻《おとめ》）。その殿移り、すなわち転居は、まず秋の彼岸の頃に源氏・紫の上・花散里が移った。秋好中宮も一緒にと決めていたが、太政大臣（源氏、三十五歳）と中宮とが同時に移居となれば大騒動ということで、中宮は五、六日遅れて移った。

ところが、明石の君は「物の数でもない者はいつ移ったともわからないようにしよう（数ならぬ人はいつとなく紛らはさむ）」と思って、冬十月になって移した。ただ、源氏は「姫君の御ため」を思うので、「おほかたの作法もけぢめこよなからず、いとものものしくもてなさせ給へり」と、殿舎の調度等は他の女性たちに劣らないようにし、転居の作法も重々しくして移した。明石の君は低く抑えておくが、姫君には疵がつかないようにバランスをとる、という源氏の（すなわち作者の）明石の君の扱いについての基本方針がここにも貫かれている。

明石の君を人目から隠すだけならば、忍び忍びに事を行えばそれでよいのだが、源氏は明石の君を積極的に人目にさらすことがある。そのとき、源氏はどのような者として明石の君を世間に見せるか。それが源氏のつま（連れあい）としての世間的立場を確認する場となる。その最初の機会が姫君の東宮入内の折にやってきた。

藤裏葉巻、第一部の大団円が近づいて、明石の姫君が東宮に参入することとなる。「御参りは、北の方添ひ給ふべき」なので、法的妻が不在の中にあっては当然に養母紫の上が付き添う。だが、紫の上は常に姫君に付き添うわけにはいかないので、実母の心を思いやって、これを機会に明石の君を姫君の世話役として付き添わせることにした。

当日、紫の上は姫君に付き添って参入する。姫君はとくに輦車《てぐるま》（牛ではなく人が牽《ひ》く車）を許され、紫の上は母親としてそれに同乗して参入した。だが、明石の君は、もし同日に随従すれば、二人の乗る輦車に徒歩で付き従うことになる。それで自身はどう思われてもかまわないが、ただそんな自分の存在は、磨き立てた玉につけられた疵である。そう思うので、姫君参入当日には随従せず、紫の上が退出するのと入れ替わるかたちで参上した。それでも、明石の君の危惧のとおり、姫君と張り合うことになる他の方々付きの女房たちは、この母君が姫君に付き添っているのを、疵だとことさらに言い立てた。

さて、姫君に付き添う明石の君の仕事は、姫君の世話役、若い女房たちを取り仕切る役であるが、明石の君の立場は源家派遣の姫君付き女房の一人であるから、人前では当然のこととして裳を着けたはずである。裳は女房としてのいわば制服である。これで明石の君は姫君の母親としての付き添いではないことが、世間に目に見えるかたちで示された。もとより実母であることは隠しようのないことではあるが、紫の上にしても源氏にしても、明石の君を世間的には明確に女房扱いしたのである。実の娘の側《そば》にいさせて世話をさせるのは紫の上の温情であった。だが、同時に明石の君の立場を源家の女房として世間に明示したということでもある。そうである以上、もはや明石の君はここから抜け出すことができない。

この後、源氏が准太上天皇《じゅんだいじょうてんのう》となって、物語は第一部の終結を迎える。第二部の若菜上巻では、その翌年、源氏四十歳の春に女三宮との結婚があり、さらに七年が過ぎた源氏四十七歳の春、六条院で女たちによる音楽の宴が催された（若菜下巻）。女三宮は琴《きん》、明石女御（明石の姫君）は箏《そう》、紫の上は和琴《わごん》、そして明石の君も琵琶《びわ》を演奏した。物語はその女君たちの様子を花に喩えながら描いていくが、明石の君について、

柳の織物の細長《ほそなが》、萌黄《もえぎ》にやあらむ、小袿《こうちき》着て、薄物の裳のはかなげなる引き掛けて、ことさら卑下したれど、気配、思ひなしも心にくく、侮《あなづ》らはしからず。

と紹介する。しかも、高麗《こま》の青地の錦の縁どりをした褥《しとね》に「まほにも居《ゐ》で（きちんとは坐らないで）」ともある。今でいえば、座布団の端に膝先だけを乗せたかたち、あるいは椅子に深く坐らないで浅く掛けているかたちである。裳を着け他の女性たちとの差を示してことさらに卑下し、坐り方もまた目に見えるかたちで遠慮を示したのである。

姫君付きの女房として東宮に送り込んだときに、源氏の明石の君に対する社会的処遇は決定していたのだから、源氏の指示がなくても、裳を着けるのが明石の君の立場としては当然の振る舞いである。明石の君が裳を着けることを源氏は咎《とが》めない。このような明石の君の卑下した振る舞いこそ、源氏が求めてきた、そしてこれからも求め続けるものだからである。

源氏は明石の君を世間的には源家の女房という扱いをした。だから世間的にいえば、明石の君は源氏の召人であるということになるが、六条院での待遇の実際は、女房という概念にはあてはまらないので、いわゆる召人とはいえない。しかし、源氏が世間的に女房扱いをしている以上、妾だともいえない。この曖昧さもまた例のバランス、すなわち、姫君の実母として決定的な疵を避ける、養母紫の上とは明確な差をつける、という明石の君設定の基本方針のゆえであろう。

第五章　藤裏葉巻の源氏と紫の上——准太上天皇と輦車の宣旨

藤裏葉巻に向けて

『源氏物語』第一部の最終巻である藤裏葉巻では、桐壺巻に語られた高麗人《こまうど》の不思議な観相——帝王の相があるが、その方向で見ると、乱れ憂うることがあるかもしれない、人臣として帝王の政治の補佐をするという方向で見てみると、それも相が違う、という観相の謎が解き明かされる。すなわち、「光源氏の一代記の流れ」と「藤壺と冷泉帝とをめぐる流れ」が「太上天皇《だいじょう》に准ふ《なずら》御位」を賜るというかたちで合流し、結末を見る。そして「紫のゆかりの流れ」では、両親の庇護もなく、正式な婚姻でもなく、子も生まれず、ひたすら源氏の愛のみに支えられ続けてきたあの北山の少女が、今は東宮に参入する明石の姫君の母親として付き添い、退出時には輦車《てぐるま》を許され、法的な妻（正妻）ではないにもかかわらず、正妻にもまさる社会的栄誉と幸福とを得る（図8―A・B参照、九二・九三頁）。

これが桐壺巻執筆時にあらかじめ予定されていた『源氏物語』の着地点であるが、ここに至る光源氏の時間を須磨から帰京する時点まで遡って、都にもどった源氏の動きと、紫の上のその後を見てみよう。

冷泉天皇即位

都に召還された源氏は二条院で紫の上と再会を果たし、藤壺（出家して入道の宮と呼ばれている）とも恋慕の心を抑えて対面した（明石巻）。それを語り手は「きっと胸にしみる話がいろいろとあったことでしょう（あはれなることどもあらむかし）」というにとどめる。物語としては、藤壺の出家をもって藤壺と源氏との男女関係を断ち切ったので、ここでふたたび男としての思慕をうかがわせるような具体的な内容は、もう語られることはない。

澪標《みおつくし》巻。源氏帰還の翌年の二月、東宮（桐壺帝の皇子。実は藤壺と源氏の子）が十一歳で元服した。同じ二月の二十日過ぎに朱雀《すざく》天皇は譲位、東宮が即位した（以後、本書においては冷泉帝《れいぜい》と称する）。源氏は、すでに左右大臣の席が埋まっていたので、令外官《りょうげのかん》（令の規定にはない臨時の官）である内大臣に任ぜられた。摂政は、致仕《ちし》していた義父（葵《あおい》の上の父親）を太政大臣として復帰させ、それに譲った。

さて、源氏は明石の君の出産が近づいているのが気になって使者を出したところ、すぐに帰参して、三月十六日に無事に女児が誕生したことを報告した。この報せを受けて、源氏はかつての宿曜《すくよう》の占いを思い起こす（宿曜の占いがいつのことだったかは物語に明記されていない）。その宿曜の占いは、

御子三人、帝后《みかどきさき》必ず並びて生まれ給ふべし。中の劣りは太政大臣にて位を極《きは》むべし。

（訳）御子は三人で、帝と后が必ずともにお生まれになるでしょう。二番目の劣った者は太政大臣として位は人臣を極めるでしょう。

というものであった。それがそのままかなうようだと、源氏は思う。

宿曜の占いのうち、帝のことはまさに先月二月に冷泉帝の即位として実現している。中の劣りである次男（世間的には長男だが）は、源氏の嫡子であるからにはいずれ太政大臣にもなるであろう。そうしていま女児が生まれた。宿曜の占いのとおりに事は進行している。だから源氏は「相人《そうにん》の言《こと》、空《むな》しからず」と思い、この女児は将来必ず后になるはずの人と確信し、その女児が明石のような辺鄙《へんぴ》な土地で生まれ育ったのでは、気の毒でもあり畏れ多くもあるので、都に迎え取るべく、急ぎ二条東院の造営を始めた。

藤壺崩御

藤壺は、桐壺帝在位中に中宮となっていたが（紅葉賀《もみじのが》巻）、桐壺帝の一周忌の法要直後に出家していた（賢木《さかき》巻）。我が子冷泉帝の即位にともない、通常であれば帝の母后として皇太后を称すべきなのだが、入道の身ではそれも不可能なので、退位した天皇（太上天皇）に准じて御封《みふ》（俸禄）を給されることになり、院司《いんじ》も任命された（澪標巻）。

藤壺が女院となって二年後の秋、明石の君が上洛する（松風巻）。冬になって、源氏は姫君を二条院に迎え取り、紫の上の養女とする（薄雲巻）。その経緯は前章に述べた。これで藤裏葉巻において紫の上が姫君の母親として付き添って東宮に参り、退出時には輦車の勅許を得るという道筋が通った。つまり、光源氏についても紫の上についても、藤裏葉巻の大団円への準備が調ったのである。

そこで、いよいよ源氏を准太上天皇へと導く最後の歯車が動き始める。それが薄雲巻の明石の姫君迎え取り（冬）に続く、藤壺の崩御（春）である。

冷泉帝は桐壺帝の実子であると、誰もが信じて疑わなければ、源氏は源氏である以外にない。皇位継承がないのは当然として、太政大臣（あるいは摂政関白）以上になることもない。だがしかし、作者の構想としては、桐壺巻執筆のときから源氏を「太上天皇に准ふ御位」すなわち天皇でもなく臣下でもないという高麗人の観相が示した地位に着地させるのは既定の方針である。そこから遡って、冷泉帝が実父の存在を知り、実父を臣下としている親不孝を悩んで譲位を考える、という筋立てを構想した。そのためには、冷泉帝に実の父親は源氏であると知らせなければならない。その役割を担うのが、ずっと以前から藤壺の護持僧を勤めていた僧都《そうず》である。その僧都の告白の切っかけになるのが藤壺の崩御であった。

春の初めから病みがちであった藤壺は、三月には重篤な状態となった。三十七歳の重厄《じゅうやく》の年でもあり、死期を悟っているかのようで、我が子冷泉帝の見舞いを受けた後の藤壺の心中を物語は、冷泉帝が自分が源氏の子であるという事実を夢にも知らないのを、藤壺はさすがに不憫《ふびん》に思い、それだけが気がかりで、死後までも思いが残りそうな気持がした、と語る。知られては困るはずの藤壺自身が、今は事実を知らない冷泉帝を不憫に思っている。冷泉帝が我が出生の秘密を知る日は近いことを暗示する一文である。

藤壺は、見舞いに訪れた源氏に「これまでの帝（冷泉帝）への御後見に、いつかはきちんとお礼を申し上げようと思っていましたのに、申し上げないままで、今となっては、それが心残りです」という言葉を残して、「灯火《ともしび》などの消えいるやうに」亡くなった。

冷泉帝の苦悩

藤壺の四十九日の法要の後、かの僧都は冷泉帝出生の秘密を独り胸の内に抱えていることに耐えきれず、冷泉帝に事の子細を奏上する。

冷泉帝はあまりのことに強い衝撃を受け、父源氏への譲位を考え、独り悩み、密かに内外の典籍に先例を求めた。唐土には継嗣に関して濫《みだ》りがわしいことは多くあったが、我が国にはその例を見出すことができなかった。だが、天皇の御子である一世の源氏が宣旨《せんじ》を得て親王となり帝位に即《つ》いた例はあるから、人柄が優れていることを口実に帝位を譲ろうかとも、さまざま思い悩み、秋の司召《つかさめし》（人事異動）の折に、譲位の考えを源氏に漏らすと、源氏は故桐壺院の遺志（光源氏を皇位継承権のある親王にはしなかったこと）を持ち出してこれを謝絶する。冷泉帝は、せめてと太政大臣に任じようとするが、それも断られて、ただ従一位への昇叙と牛車《ぎっしゃ》の勅許（牛車のまま建礼門《けんれいもん》まで入ることが許される）のみにとどまった。

その後も、親王にとの重ねての仰せがあったが、源氏は天皇を後見する人が他にいないからといって辞退する。源氏の心に、もしや誰かが秘密を漏らしたのではとの疑いが芽生えるが、薄雲巻ではこの件はこれでひとまず落ち着く。

朝顔の斎院とふたたび噂が立つ

紫の上の流れに話を移す。

紫の上は源氏の須磨・明石退居の間に二条院の女主人としての立場を固めた。明石の姫君を引き取って、母親としての立場も確保した。源氏の愛情は変わることがないかに見える。このまま時が過ぎていけば、何ごともなく明石の姫君の東宮参りを迎えるであろうと思われた。ところが、紫式部はその前に今一度の試練を紫の上に与える。それが朝顔巻に語られる朝顔の姫君（式部卿《しきぶきょう》親王の娘。前の賀茂の斎院）との結婚話の噂である。

葵の上の歿後、再婚候補として噂になった朝顔の姫君は、折しも賀茂の斎院に選ばれて結婚は不可能な立場になった。その朝顔の姫君は父式部卿宮の薨去《こうきょ》にともない斎院を退いて、故父宮邸に叔母の女五宮とともにいた。故式部卿宮は桐壺帝の弟、源氏には叔父にあたり、女五宮は叔母にあたるので、源氏は弔いを兼ねてしばしば故宮邸を訪れるようになる（図11参照）。老いた女五宮への慰めもそこそこに、源氏は朝顔の姫君に「斎院を退いた今は、もう神の諫《いさ》めは断りの口実にできませんよ」と、昔からの恋情を訴える。賢い朝顔の姫君はそれに靡《なび》くことはないが、源氏の訴えはその後も続き、姫君も折々には気の利いた和歌を返したりなどしていた。

図11　朝顔の姫君の系図

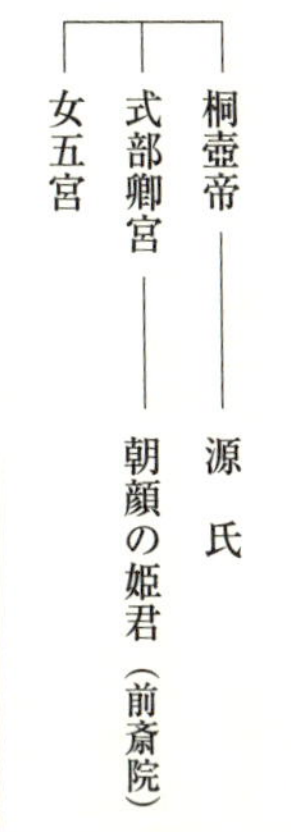

このことが世間に漏れ聞こえて、人々は「前斎院は、(源氏が) 熱心に懸想《けそう》なされているのでね、女五宮などもそれでもよいとお思いだそうですよ。似つかわしくなくもない御仲でしょう」などと無責任な噂をする。女五宮を持ち出すのは、今は叔母の女五宮が朝顔の姫君の保護者の立場にあるからで、女五宮の承諾を得て婚姻ということになれば、社会的には正式な再婚となり得るのである。

その噂を耳にして、紫の上は「まさか、そんなことは」とは思ったが、よく注意して源氏の様子を見ると、心ここにあらずで、普通ではない。どうやらこれは本気らしいと思うと、紫の上の心は乱れる。もし朝顔の姫君と源氏が結婚したら、紫の上はどうなるか。前斎院とは同じ親王の娘という血筋ではあるが、紫の上が外腹の娘であるのにくらべて、前斎院は世間の評価も格別で、昔から貴い方として評判だから、

御心など移りなば、はしたなくもあべいかな。年頃の御もてなしなどは立ち並ぶ方なくさすがにならひて、人に押し消《け》たれむこと。

(訳) もし御心が移ったならば、私はきまりわるいことになるにちがいない。このところの御待遇などは、なんといっても他に立ち並ぶ者もないのに慣れてしまって、それが今さら人に蔑《ないがし》ろにされるとは。

と思うと、紫の上、人知れず溜息が出る。そうしてさらに思う。

かき絶え名残《なごり》なき様《さま》にはもてなし給はずとも、いとものはかなき様にて見なれ給へる年頃の睦《むつ》び、あなづらはしき方にこそあらめ。

（訳）すっかり絶えて後には何も残らないというような御扱いはなさらずとも、ひどく頼りない状態でずっと御世話をしてくださった長年の親しさも、かえって侮られることがあるだろう。

とさまざまに思い乱れるが、本心から「つらし（恨めしい）」と思うので、顔色にも出さない。

源氏は外泊がふえ、帰れば縁先で物思いにふけり、そしてひたすら手紙を書いている。そんな源氏に、紫の上は、世間の噂は嘘ではない、男女の仲はこういうこともあるのに、安心しきって無警戒に過ごしてきたことだと、我が身を振り返るのであった。

源氏は女五宮の病気見舞いを口実に朝顔の姫君を訪れ、「一言、憎いとでも直《じか》におっしゃってくだされば、それを諦める切っかけにします」などといって逢うことを求める。だが、朝顔の姫君は、故父宮が結婚させてもよいと思っていた昔でさえ、それはあり得ないことと思っていたのに、年老いた今になっては、声を聞かせるのも恥ずかしいと思うので、まったく心を動かす気配はない。朝顔の姫君は情に流されることなく、どこまでも賢い。やむなく源氏は和歌を詠み交わし、恨み言を残して帰って行く。

夜離《よが》れが続く二条院では、紫の上、我慢はしていても思わず涙がこぼれる折もある。源氏は紫の上の御髪《みぐし》を掻《か》きやりつつ慰める。式部卿宮が亡くなられて後、帝（宮は帝の叔父）が寂しそうになされているのもお気の毒だし、太政大臣も亡くなられて政事を任せられる人もいない忙しさでね、とまず夜離れの弁解をし、あなたを大人びてきたと思っていたが、まだ目に見えないことは理解できないようだね、そこがかわいいのですよ、などと戯れる。そしてすこしまじめに、前斎院にたわいないことを申し上げているのを、もしかして誤解しているのではないか、それは事実とは違う、斎院は昔から親しみ難いお方で、時折はちょっと困らせるようなことを申し上げることもあるが、あちらもお暇な所なので、たまさかに御返答なさることもある、しかし、まじめな話ではないので、まともには相手にしてもらえなかったことを、わざわざあなたに愚痴をこぼすまでもないと思って、黙っていたのです、心配なことはないと思いなおしてください……など、源氏は一日中、紫の上を慰めた。

この弁解はもとより事実どおりではないが、もはや源氏には朝顔の姫君に懸想し続ける気持はなさそうだ。この場面の後、降り積もった雪を照らす月を見つつ、先年、中宮（藤壺）の御前で雪山をつくった思い出話を切っかけに、源氏はこれまでに出会った女性たち、それは紫の上がひそかに気にしている女性たちだが、それらのことを紫の上に語る。前斎院（朝顔の姫君）、尚侍《ないしのかみ》（朧月夜《おぼろづきよ》）、明石の君、花散里《はなちるさと》。源氏が紫の上に向かってこれらの女性たちの評価を語るということは、紫の上の優位が確定していることを意味するであろう。

藤壺が夢枕に立つ

それは紫の上にとって喜ぶべきことなのだが、しかし、すこし首を傾けて外を眺めている紫の上を見る源氏の心中を、物語は次のようにいう。

髪《かむ》ざし面様《おもよう》の、恋ひきこゆる人の面影にふとおぼえて、めでたければ、いささか分くる御心もとりかさねつべし。

（訳）髪のさまや顔だちが慕い申している人（藤壺）の面影に似ているとふと感じられて、すばらしいので、ほんのすこし他の女（朝顔の姫君）に分けていた御心も、きっと紫の上に取り返して重ねることであろう。

これで、朝顔の姫君ゆえにすこし揺れた源氏の心は、紫の上にもどってきた。しかし、それがあの藤壺に似ているゆえだとすれば、今までの源氏と紫の上との愛情の描写はいったい何だったのだろう。

この場面の直後、その夜に藤壺が源氏の夢枕に立ち、他の女（紫の上）に自分のことを話したのを恨み、かつあの世で苦しんでいることを訴える。それで、源氏は藤壺のために寺々で誦経《ずきょう》を行い、源氏自らも阿弥陀仏を念じつつ、三途《さんず》の川を一緒に渡れないこと——女が三途の川を渡るときは初めての男に背負われて渡ると信じられていたので、源氏は藤壺を背負うことができない——、夫婦として極楽往生できないことを悲しんだ、と述べて朝顔巻は閉じられる。

若紫巻では、北山で若紫を見て、藤壺に似ていると涙をこぼした。それが賢木巻では、藤壺を見て、若紫にそっくりだと感じ、慰め所はあると源氏は思った。そうして作者は、藤壺を出家させ、男女の関係の外に置き、紫の上を源氏のつまとして歩ませ始め、着々と地歩を築いてこの朝顔巻に至った。藤裏葉巻では輦車を許されることになる。

いま何ゆえに「藤壺に似ている」という必要があり、藤壺を夢枕に立たせ、ともに三途の川を渡れない嘆きを源氏に語らせるのだろうか。単純に考えれば、藤壺に対する思いはずっと源氏の心に深く存続していたのだということであり、それはそのとおりではあるが、今この朝顔巻で朝顔の姫君との再婚の可能性を完全に否定し、紫の上の世間的立場も愛情も揺るぎないものであることを確認した、その直後に藤壺の霊に恨み言をいわせ、源氏を嘆かせるのは、どこか違和感が残る。

ただ、紫の上の流れとしては、朝顔巻前半に語られる朝顔の姫君の一件が終わって、紫の上のつまとしての立場が揺るぎないものであることが確認されたのは疑いない。

朝顔の姫君の役割

朝顔の姫君の役割は、源氏との正式な結婚の可能性をもつ女性として登場することで、紫の上のつまとしての立場の危うさを確認することにある。一度目は賀茂の斎院に指名されて危機は回避されたが、紫の上の立場が安定したかに見えた頃に再度登場し、紫の上にその立場が必ずしも安定してはいないことを思い知らせた。紫の上自身も自分の立場の危うさを明確に自覚している。構想的にいえば、大団円の前に朝顔巻で今一度紫の上の立場を確認したということになろう。

朝顔の姫君は紫の上を揺さぶる役ではあるが、源氏と結ばれてはいけないので、その性格を思慮深く、賢く、決して源氏に靡かない性格に設定されているのである。

もし朝顔の姫君が実際に源氏と再婚していれば、第二部の婚姻状況、女三宮と再婚し、紫の上が実は正式な結婚による妻ではなかったということが露《あら》わになり……という婚姻関係の設定の前倒しになったはずである。その意味では、朝顔の姫君の担った役割は実に大きく、第二部ではそれが女三宮の降嫁としてあらためて正面に据えられることになる。

時間を引き延ばす

この後、源氏三十三歳の春には、長男夕霧が元服して大学に入り、雲居雁《くもいのかり》（頭中将《とうのちゅうじょう》の娘）との幼恋の話があり、秋には源氏が太政大臣となった。翌々年の秋、六条院が完成する（以上、少女巻《おとめ》）。同じ年の秋、夕顔の遺児（玉鬘《たまかずら》）の存在を知り、引き取りを考え始め、冬に玉鬘を六条院に迎え取る（玉鬘巻）。

それから後の玉鬘十帖と称されている巻々（玉鬘、初音《はつね》、胡蝶《こちょう》、蛍《ほたる》、常夏《とこなつ》、篝火《かがりび》、野分《のわき》、行幸《みゆき》、藤袴《ふじばかま》、真木柱《まきばしら》）は、三つの流れのうちの「光源氏の一代記の流れ」に属するが、「藤壺と冷泉帝とをめぐる流れ」と「紫のゆかりの流れ」にとっては、大雑把にいえば、いわば引き延ばし（時間かせぎ）の巻々である。少女巻で六条院が完成した年に明石の姫君は七歳ほどだから、姫君が入内《じゅだい》可能な年齢になるまでは、ともかく時間を引き延ばさなければならない。もちろん時間をとばして一挙に入内にもっていってもよいのだが、紫式部はその時間調整に玉鬘求婚譚という別の話を挟み込む工夫をしたのである。

玉鬘と髭黒《ひげくろ》大将の結婚、髭黒大将と北の方の離婚をめぐっては、婚姻制度の面から離婚・再婚に関する興味深い問題があるのだが、残念ながら本書では触れる余裕がない。興味のある方は「参考文献」の拙著を読んでいただきたい。

話が藤壺・紫の上の流れにもどる梅枝《うめがえ》巻での年齢は、源氏三十九歳、紫の上三十一歳、明石の姫君十一歳。春二月に明石の姫君の裳着《もぎ》があり、同じ月に東宮（朱雀院の皇子）の元服があって、姫君の東宮参入は四月と予定され、源氏は持参すべき書物等の選択を始めた。

紫の上は輦車を許された

第一部最終巻である藤裏葉巻、ずっとこじれていた夕霧と雲居雁の結婚問題が巻の前半でまずめでたく解決をみる。続いて明石の姫君の東宮参りが語られる。そのとき、「御参りは北の方添ひ給ふべき」ことゆえ、養母である紫の上が明石の姫君に付き添い、明石の姫君の輦車《てぐるま》に同乗して参上したことは、第四章の「裳を着ける明石の君」（一八〇頁）の項に述べた。そして紫の上は三日を過ごし、養母紫の上に代わって世話役として明石の姫君に付き従うべく参上した明石の君とも初めて対面し、親しく言葉をかけた。紫の上が退出するときの様子を、物語は明石の君の目と心とを通して次のように語る。

かうまで立ち並びきこゆる契りおろかなりやはと思ふものから、出《い》で給ふ儀式のいと殊《こと》によそほしく、御輦車など許され給ひて、女御の御ありさまに異ならぬを、思ひくらぶるに、さすがなる身の程なり。

（訳）あの方（紫の上）とここまで立ち並び申しあげる我が身の宿運は並々ではないとは思うものの、（紫の上の）御退出なさる作法が格別に厳《いか》めしく、御輦車など許されて、女御の御退出のありさまと違わない、それを思い比べると、自分はなんといってもあの方には及びもつかぬ分際なのだ、と思う。

例の明石の君の身のほどに対する自覚が語られているが、それはそれとして、紫の上が輦車の勅許を得たことは、紫の上のつまとしての立場にとっていかなる意味をもつだろうか。そもそも輦車を用いて宮中に出入りするには勅許が必要であり、どこまで輦車に乗ったまま参入できるかにも定めがあった。例えば、「嬪《ひん》、女御《にょうご》、及び孫王、大臣の嫡妻が乗る輦車は、兵衛《ひょうえ》の陣まで」とある（『延喜式』雑式）。また源高明《たかあきら》の『西宮記《せいきゅうき》』諸宣旨の項には「親王、大臣の娘が初めて参内する夜は輦車が許される」とあり、『日本紀略《にほんきりゃく》』天元《てんげん》元年（九七八）四月条によれば左大臣藤原頼忠《よりただ》の娘遵子が入内したとき「女御に准じて」輦車を許された。遵子が女御の宣旨を賜ったのは五月二十二日。わざわざ女御に准じてというのは、同じく輦車を許されても、大臣の娘としてのそれと女御としてのそれとでは作法に差があるのであろう。母親が輦車に同車して付き添うことには、長徳二年（九九六）十一月に右大臣藤原顕光《あきみつ》の娘元子が初めて参内したときの母親盛子内親王の例がある（『日本紀略』）。

明石の姫君の場合、父親は太政大臣だから大臣の娘の東宮初参入として輦車を許される資格はある。では紫の上の退出時に輦車が許されたのは、どのような資格に拠るだろうか。言い換えれば、紫式部はいかなる資格を想定して物語を書いたのだろうか。

史実に矛盾しないように考えれば、形式的には『延喜式』に見える「大臣の嫡妻」が適用され、「女御の御ありさまに異ならぬ」とあるので、遵子の事例のように、宣旨により大臣の嫡妻としてよりもさらに重い作法をもって待遇されたものとして描いているのであろう。物語の世界でいえば、宣旨を下すべき天皇は、光源氏が我が実父であることを知っている。紫の上が嫡妻（正妻）でなくとも、天皇は紫の上に輦車を許すことを躊躇《ちゅうちょ》しないであろう。

紫の上は、天皇から太政大臣である光源氏の嫡妻同等の、むしろそれ以上の扱いを受けたのである。十歳ばかりの頃、あの北山で源氏に見出された少女が、葵の上の喪あけの直後に人知れず源氏と結ばれ、源氏の須磨・明石退居を経てしだいにつまとしての世間的立場を固め、明石の姫君を養女として母親となり、朝顔の姫君の一件も乗り越えて、養女の東宮参りに母親として付き添い、いま女御にも異ならぬ待遇で輦車の勅許を賜るに至った。

親の庇護もなく、正式な結婚でもなく、実子もいない女が、ただその美質と一人の男の愛に支えられて、親の庇護のもとに正式な結婚をし多くの子をなした、そのような正妻にも勝る世間的な幸福をつかむに至る物語、すなわち、三つの流れのうちの「紫のゆかりの流れ」がここにいちおうの結末を見た。第一部の帰着点として目指されていた、「妻（正妻）」にあらざる「つま（連れあい）」である紫の上の世間的幸福の具体的なかたちが、「御輦車など許され給ひて、女御の御ありさまに異ならぬ」である。

紫の上は正妻になっていない

前述のような待遇を受けたのは、源氏の正妻と認められたことを意味するかといえば、そうではない。正妻ではないにもかかわらず、正妻並み、あるいはそれ以上の待遇を天皇が与えたところに、恋愛物語、あえていえば純愛物語としての眼目がある。前述のような紫の上の状況は正妻待遇といってもよいし、法的な正妻と同等の扱われ方をしているといってもよい。しかしそれは、紫の上が妻（法的な妻）になったということではない。

一夫多妻制説を支持している研究者の中には、正妻は事後的に決まると考えて、東宮女御の養母であり、輦車を許されたことをもって、紫の上はついに六条院の北の方（正妻）の座にたどり着いたのだという人もいる。たしかに藤裏葉巻の紫の上への待遇は太政大臣の正妻と同じである。だが、天皇の、あるいは世間の待遇が正妻に対するそれと同じであることと、現にその女性が正妻そのものであることとはまったく別である。これは今現在の諸事を例に思い比べてみればすぐわかることだから、ここに説明するまでもないであろう。

一夫一妻制の観点から紫の上の一生を見てみれば、紫の上が源氏のつま（連れあい）としてどのような道を歩んでこの藤裏葉巻の栄誉をつかんだかも、そのために作者紫式部がどのような構想を立てたかも、よく理解できるであろう。輦車の勅許は、紫の上が正妻でないからこそ、破格の栄誉となるのである。

「太上天皇に准ふ御位」

藤裏葉巻、明石の姫君の東宮参入にかかわる諸事が終わり、源氏は出家を思うようになるが、世間の関心は翌年の源氏四十賀《しじゅうのが》に移り、その準備が始まったことを述べ、そして物語は唐突といってもよいほどにあっけなく、

その秋、太上天皇に准《なずら》ふ御位得給うて、御封《みふ》加はり、年官年爵《つかさかうぶり》などみな添ひ給ふ。

と、「太上天皇に准ふ御位」を得たことを伝える。

御封・年官・年爵は、准太上天皇に対する経済的給付措置である（准太上天皇に関しては浅尾広良・高田信敬に詳しい考察がある）。院司も任じられて厳めしい立場となった源氏は、内裏に参るのも難しくなるだろうと思ったとあり、冷泉院はそれでもなお満足せず、世間を憚って源氏に帝位を譲らなかったことを朝夕嘆き続けた、とある。

物語の構想としては、この「太上天皇に准ふ御位」に就くことが、遡って桐壺巻の相人の言葉「国の親となりて」云々が具体的に実現したかたちである。『源氏物語』第一部の基本的枠組みは初めから長編としてきっちり構想されていたのであり、紫の上の輦車勅許に至る道もまた、その構想の中に初めから組み込まれていたのである。

第六章　第二部の婚姻関係——正妻女三宮と紫の上

1　女三宮の降嫁と紫の上の立場

源氏の再婚

紫の上と源氏の愛情の物語は、藤裏葉巻の大団円で終わる予定だった。ところが、好評のゆえにか、紫式部は『源氏物語』の続きを書くことになり、若菜巻以降を構想した。源氏の再婚というテーマは、第一部では光源氏の紫の上への愛情確認とストーリー展開に利用されていたのだが、第二部（若菜上巻〜幻巻）では、実際に新しい正妻女三宮との結婚というかたちで現実となってしまうところから物語が始まる。もし朝顔の姫君と結婚していたら、という婚姻状況を正面に据えての新しい展開である。さすがに第一部と同じ繰り返し（源氏が他の女性に心ひかれるが、結局は紫の上のすばらしさを確認してもどってくるというパターン）は

図12　女三宮をめぐる血縁

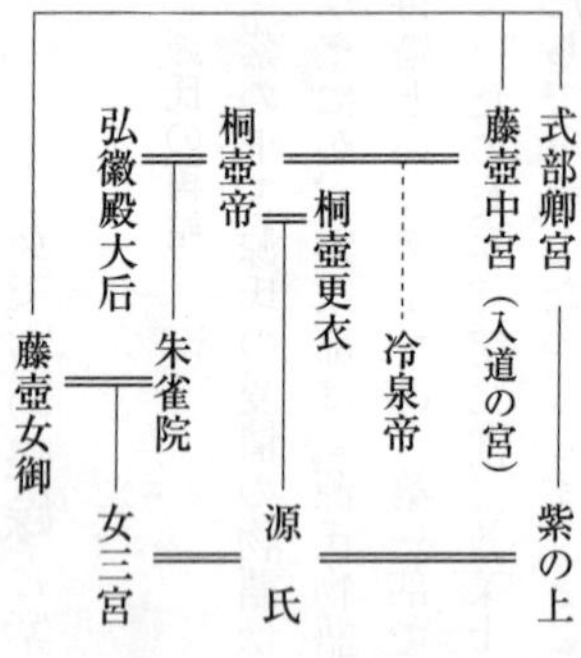

使えず、実際に源氏が正式に再婚してしまったという状況を設定したのである。

当時の読者は、正妻がいての妾・愛人等の立場の過酷さはよく知っている。若紫の母親が病となって死んだのも、夕顔が身を隠したのも、六条御息所《ろくじょうのみやすどころ》が生霊となったのも、明石の君がひたすら卑下し続けたのも、みなその立場ゆえである。だからこそ、紫式部は、若紫（紫の上）は正妻葵《あおい》の上が死んで後に源氏と男女関係が始まると構想し、その後も源氏には正式な再婚はさせず、巧みに状況を設定しつつ他の女性を排除して、ついには紫の上をあたかも正妻であるかのように描いてきた。

ところが、いま源氏は、兄朱雀《すざく》院の懇請《こんせい》と女宮があの藤壺（入道の宮）の姪（女三宮の母は藤壺の妹）であるという誘惑とに負けて、女三宮との結婚を承諾した（図12参照）。それにより、紫の上の立場は誰にもわかるかたちで社会的に第二位と位置づけられた。それも「妻」と「妾」という越えることのできない大きな差によって。紫の上は、はたしてこの厳しい状況を切り抜けることができるのだろうか。

女三宮を迎える紫の上の立場

女三宮の後見として朱雀院が源氏を選択するに至る経緯は第二章に詳しく述べたので、ここには再説しない。源氏は女三宮の後見を承諾して後も、そのことを紫の上になかなか言い出せないでいたが、ある雪の日、これまでの事これからの事を語りあう。そこで源氏は、朱雀院の依頼をやむを得ず承引したことを告げ、「あなたにとってはこれまでと変わることはまったくないでしょうから、隔て心をもたないでください。あの御方にとってこそ気の毒なことでしょうが、そちらも不体裁にならぬようもてなそうと思います。どちらも穏やかにお過ごしくだされば嬉しいのですが」というと、紫の上は意外にも「お可哀想なことのようですね。隔て心など思いつきもしません」といい、続けて次のようにいう。

「めざましく、かくては、など咎《とが》めらるまじくは、心やすくても侍《はべ》りなむを、かの母女御の御方ざまにても、疎からず思《おぼ》し数《かず》まへてむや」と卑下し給ふを、

（訳）「目障りにも、こんな女がいては、などとお見咎めでないようでしたら、安心していられるのですが。あの方の母女御のご縁ということででも、嫌わずに人数の中にいれてほしいですね」と、卑下なさるのを、

紫の上は自分の置かれている立場がよくわかっている。だから、女三宮に対してどういう振る舞いをしなければならないかも理解している。それが右の言葉である。「めざまし」は目上の者が目下の者を、こしゃくな、と思う感情である。実は紫の上が明石の君にこの語を用いていた。今度は紫の上が女三宮からその語を用いられることを覚悟しなければならない。紫の上の言葉を、語り手は「卑下し給ふ」というが、もはや紫の上にはそれ以外の対応は許されない。

紫の上は心中で、空から降ってきたようなことで逃れようがないのだし、二人の心から起こった懸想《けそう》でもないし、防ぎようもないことなのだから、愚かしくも思い悩んでいると思われるような様子（をこがましく思ひむすぼほるるさま）を世間には漏らさないようにしよう、これを聞けば、きっと継母（父親王の北の方）がそれ見たことかと喜ぶだろうと、健気《けなげ》にも堪える覚悟を決めている。「をこがまし」は、道化じみているさま、物笑いになるような愚かなさまの意。つまり、源氏と女三宮とが結婚したからといって、それに対して紫の上が悩み鬱屈している様子を示せば、妾でしかない紫の上の分際を越えた僭越《せんえつ》な行為として、世間は紫の上を愚かな勘違い女だと笑うということなのである。

紫の上は、朝顔の姫君との一件が終わって後は、天皇から輦車《てぐるま》の勅許を賜るほどになった

我が身を過信してしまった。その反省を、

今はさりともとのみ我が身を思ひあがり、うらなくて過ぐしける世の、人笑へならむことを、下《した》には思ひ続け給へど、いとおいらかにのみもてなし給へり。

（訳）もういくらなんでも他の女との結婚はないだろうと我が身を自惚《うぬぼ》れて、安心して過ごしてきたことが、これで世間の物笑いになるだろうと、内心ではお思い続けなされているが、見た目にはとてもおっとりと振る舞っていらっしゃる。

と描く。紫の上が法的には「妻」ではなく「妾」にすぎなかったことを、源氏はいつでも誰とでも正式な再婚ができる状態だったことを、作者はまず紫の上自身に思い出させ、深く自覚させた。新しい人間関係がここから動き出す。

年が明けて二月半ばの頃、女三宮は六条院の春の町（東南の区画）の寝殿母屋《もや》の西面《にしおもて》（西側部分）に入る。紫の上は東の対《たい》の屋にいる。源氏の常の居処も東の対の屋である。源氏は准太上天皇なので、入内《じゅだい》する人の作法に倣って、女三宮の父方である朱雀院からも調度品の搬入があった。ただし、常の婚礼の儀式とは違って、源氏自身が車寄せまで女三宮を出迎えた。源氏は「太上天皇に准《なずら》ふ御位」を賜ってはいるが、現実には源姓を賜った臣下（ただ人）なので、臣下としての定めを越えることはできない。それで、内参り（入内）にも似ず、婿君というのとも違って、珍しい関係である、と物語は語る。作者紫式部は、源氏（源姓の臣下）に「太上天皇に准ふ御位」を与えるという史実にない虚事を構えたために、その婚礼も具体的に描くことができず、曖昧にせざるを得なかったのであろう。これより後の結婚生活の実態は「ただ人」のそれに異ならない。

なお、女三宮が源氏と婚姻を結んだことを、普通には「降嫁」と称しているが、准太上天皇である源氏の婚姻は、内親王が臣下に嫁す「降嫁」とは異なるという意見がある（浅尾広良）。しかし、その儀式は「内参りにも似ず」とあるので「入内」とはいえない。「婿の大君《おほきみ》と言はむにも事違《たが》ひて」ともあるので、「降嫁」というのも問題があることは確かなのだが、いま一言で表現できるよい言葉を思いつかない。どちらかといえば、実質は「降嫁」により近いと考えて、本書では従来どおり「降嫁」の語を用いる。

紫の上の卑下と悲哀

夏になって、懐妊した東宮女御（明石の姫君）の里下がりがあり、寝殿母屋の東面《ひがしおもて》（西面には女三宮がいる）に部屋が準備された。紫の上は養母だから女御と対面する。

紫の上は「このついでに姫宮（女三宮）にも御挨拶申しあげたい、前からそう思っていましたが、わざわざは遠慮されますので、このような折に親しくお話しできましたなら、気がねもなくなるでしょう」と源氏に願い出る。源氏はそれを聞いてにっこり微笑《ほほえ》み、「それでこそ私の願いどおりのおつきあいですね」と紫の上の願いを許す。原文でも「許しきこえ給ふ」とある。紫の上は許されて初めて女三宮との面会がかなうのである。源氏は女三宮の部屋に行き、「かの対に侍《はべ》る人（紫の上）が、淑景舎《しげいしゃ》（東宮女御）に対面しようと出てくる、そのついでに、あなたとお近づきになりたそうにしていますので、許してお話しなされよ（許して語らひ給へ）」という。

挨拶の願いを申し出なければならないのは紫の上であり、女三宮はそれを「許す」立場である。紫の上の言葉にも源氏の言葉にも、女三宮と紫の上の上下関係に曖昧さはない。とくに源氏の女三宮に語る言葉遣いは、もし紫の上がそれを耳にすれば堪え難いものがあろう。だが、直截《ちょくせつ》に耳にしなくても、紫の上には想像のつくことである。

紫の上としては、同じ建物の内に住んでいるのだから、いつかは女三宮に挨拶しなければならない。そのときの選択に、養女である東宮女御の里下がりの折を選んだのが、紫の上のせめてもの抵抗である。だが、女三宮との面会をひかえて、紫の上の心は穏やかではない。物思いに沈む紫の上を物語は次のように描く。

対には、かく出《い》で立ちなどし給ふものから、「我より上《かみ》の人やはあるべき。身の程なるものはかなき様を見えおき奉りたるばかりこそあらめ」など思ひ続けられて、うちながめ給ふ。

（訳）対では、御挨拶などなさろうとはするものの、私よりも上の人があってよいものだろうか、あの当時の頼りない身の上を殿にお世話いただいたという程度のことはあるけれど、などと思い続けて、ぼんやり物思いにふけっていらっしゃる。

自負と悲哀とが交錯している。傍線部分は、北山で見出され、祖母の死後に二条院に迎え取られ、源氏の庇護のもとに成長し、そのまま源氏と男女関係にはいったことをいうのであろう。そうならざるを得なかった当時の境遇、それが今、紫の上の負い目になっている。

対面の日、紫の上と女三宮とは従姉妹《いとこ》同士なので、血縁をたどってあれこれの話があった。紫の上は女三宮の乳母《めのと》である中納言に、これからは親しく御交誼《こうぎ》を願う旨の挨拶をし、中納言もまた幼く心細げな宮の扶育《ふいく》を願う旨の言葉を返す。いわゆる大人の会話である。そしてその会話の最後に、紫の上は、畏れ多くも朱雀院からの御手紙をいただいてからは、何とか御心に添えるようにとは思っていましたが、何ごとを致しますにも物の数ではない我が身が残念でなりませんと卑下し、絵のことや雛遊《ひなあそ》びがいまだにやめられないことなど、女三宮の幼さに合わせて話をしたので、女三宮はすっかり紫の上に打ち解けた。

右の場面、紫の上は女三宮と対等に、むしろ年上らしく余裕をもって対応しているように見えるが、紫の上が女三宮方に出向くこと、乳母の中納言に対してさえよろしくお願いしますとの挨拶をすること、これらは紫の上の劣位を目に見えるかたちで示している。紫の上は大人の振る舞いをしつつ内心の苦痛に耐えている。そしてその忍耐の裏で、血縁や朱雀院からの手紙を持ち出すことによって、さりげなく自己の存在の重さを主張している。

さて、その朱雀院の手紙というのは、女三宮が六条院に移って後、朱雀院は西山にある寺に入る、そのときに紫の上に届けられたものである。それには「分別もつかない幼い人が六条院に移っているようなので、罪もないものと大目に見て、世話してください。血筋をおたどりいただける縁故もあろうかと思いますので」とあり、子ゆえの闇に惑う親心が詠まれた和歌も添えられていた。東宮女御の母親であり、輦車の勅許をも賜り、これまで正妻のいない源氏のつまとしての社会的立場を築いている紫の上に対して、女三宮の父親である朱雀院が一歩下がって挨拶し、軋轢《あつれき》を避けようとしたのである。子かわいさゆえの譲歩である。

紫の上にとって朱雀院の手紙のもつ意味は大きい。光源氏にとっても大きい。なぜか。源氏の正妻は女三宮である。そうなると、紫の上をどう待遇するかは、源氏にとって大きな問題である。女三宮が六条院の中心的殿舎である春の町の寝殿母屋に入ったからには、妾の立場である紫の上が同じ建物の東の対の屋に居続けるのは女三宮に対して非礼なことで、本来ならば、他の区画の建物かあるいは二条院かに移るべきところである。それが朱雀院の「罪なく思《おぼ》し許して、後見たまへ」という言葉により、紫の上と同居することについて朱雀院への気遣いは不要になった。だから、むしろ光源氏にとって有難い手紙である。それで源氏は大いに喜び、使者に酒を振る舞い被《かず》け物《もの》も厚くして感謝の意を表したのである。

紫の上は、乳母の中納言との会話の中に朱雀院の手紙を持ち出すことで、紫の上が東の対に住まうことについての女三宮方の不満を封殺したのだ。紫の上もただ卑下しているだけではない。だが、このような状況の中で、しだいに紫の上の心は鬱屈し病んでいく。

世間の認識

女三宮を六条院に迎えることになった紫の上を、世間はどのように見ていたか。

女三宮の婿選びが始まったとき、女三宮の乳母は朱雀院の心中を忖度《そんたく》して、源氏に親しく仕えている兄左中弁《さちゅうべん》に源氏の再婚についての考えを内々に打診させた。そのとき、左中弁は乳母の意に迎合して、もし宮様と結婚することになれば、「いみじき人」（ひどく寵愛されている人、すなわち紫の上）といっても、宮様と張り合うのは不可能だろうと推測されるといい、さらに、それでもやはりどうかなとの心配はあるが、多くの女たちも院（源氏）に釣り合うほどの輿望《よぼう》のある者はいない、宮様と結婚できれば似合いの仲だろう、と答えている。紫の上が女三宮と張り合うことは「えあらじ（あり得ない）」という左中弁の認識が間違いではなかったことは、その後の紫の上自身の振る舞いが証明している。左中弁は、紫の上が社会的常識に従って、そのような振る舞いをせざるを得ないことを見通していたのであろう。

源氏が関係していた女たちからは、「いかがお思いでしょうか。私どものように早くから諦めている者は、かえって気楽ですが」などと、これまでの私たちの気持がすこしはわかったかとばかりに、慰め顔して嫌みをいってくる。そのことに紫の上はかえって深く傷つく。

世間の人々も、源氏が女三宮と結婚した初めの頃は、「対の上（紫の上）はどのようにお思いだろう」「御寵愛も、とても以前のようにはおありでないだろう。きっとすこしは衰えるだろう」など、紫の上の寵愛の衰えを当然のこととして噂しあっていた。ところが、源氏の紫の上に対する寵愛はむしろ深まる様子に、それはそれで別の穏やかならぬ噂、女三宮が蔑《ないがし》ろにされているのではないかというような噂が立つ。それが前述の対面の後は、親しくしているということが世間にも伝わって、世間体はよくなったのだが、世間は決して紫の上の立場に同情していない。むしろ紫の上が女三宮より愛されるのは僭越との認識がある。人々が「御寵愛もきっとすこしは衰えるだろう（少しは劣りなむ）」というのは、正妻である女三宮がより大切にされるのが当然と考えるからである。

なお、世間の人々は紫の上のことを「対の上」と呼称している。この語は「対の屋の奥様」というに近い言い方で、仮に正妻がいない場合でも「対の」という相対化する語を冠することで、その女性が正妻ではないことを示す徴証となる呼称であるが、とくに若菜上下巻では、地の文や会話文で「対の上」「対に侍《はべ》る人」と称されるとき、おのずから寝殿母屋の西面にいる女三宮との相対的関係において「対の」が用いられ、意識されることになる。若菜上下巻ではこの呼称が集中的に多用される（「対の上」二十例、「対」七例、「対の方」一例）のは、紫の上の立場の不安定を強調するための、作者紫式部の戦略的使用かもしれない。

さて、女三宮と紫の上の立場についての世間の認識がはっきりわかる事件がある。若菜下巻、女三宮をめぐる苦悩と緊張のゆえか、体調をそこねた紫の上は、二条院に移り病を養っていたが、一時、紫の上は死んだという噂が立ったことがあった。そのとき、上流貴族である上達部《かんだちめ》（公卿）たちさえもが、次のような会話を交わしている。

「かかる人のいとど世にながらへて、世の楽しびを尽くさば、傍らの人苦しからん」「今こそ、二品《にほん》の宮は、もとの御覚えあらはれ給はめ」「いとほしげに圧《お》されたりつる御覚えを」など、うちささめきけり。

（訳）上達部たちも「このような人（対の上）がますます長生きして、世の楽しみを尽くしたなら、側《そば》にいる人（女三宮）は苦しいでしょう」「今こそ、二品の宮（女三宮）は本来あるべき御寵愛が顕《あらわ》れるでしょう」「お気の毒なほどに圧倒されていた御寵愛ですが」など、ひそひそささやいていたのだった。

日頃は源氏を憚《はばか》っていわないが、陰では上達部さえもが、紫の上の存在は周りの迷惑だ、正妻女三宮は不当に扱われていると感じていたのである。女三宮が正妻であり、紫の上は妾の立場であることを、世間もまたはっきり認識している。

2　女三宮の出家

紫の上の発病

若菜下巻、物語は途中四年間の空白を挟んで、いま源氏四十六歳。女三宮と結婚して数えて七年目の冬。年月が経つにつれ世間的な重みを増していく女三宮の様子に、紫の上は自身の置かれた立場をあらためてしみじみと振り返り、

我が身はただ一所《ひとところ》の御もてなしに人には劣らねど、あまり年積りなば、その御心ばへも

終《つひ》に衰へなん、さらむ世を見はてぬ前《さき》に心と背《そむ》きにしがな。

（訳）我が身はただお一方（源氏）の御待遇によって他の人に劣らないでいるけれど、ひどく年が経ったならば、その御愛情も衰えるにちがいない。そうなるのをはっきり見てしまう前に、自分からこの世を捨てたい。

と思う。紫の上は今の立場がただ源氏一人の意向によって何とか保たれているのだと自覚している。その源氏の愛情が衰えたとき、我が身がどうなるかも自覚している。だから今のうちに出家をと思うのだが、賢《さか》しらぶっていると思われるのもいやで、それは口に出せない。

実は、源氏の愛情が衰えるのではないかと、紫の上に思わせる徴候はすでに見えていた。女三宮には父朱雀院のみならず帝の支援もあるので、源氏としては女三宮が疎略に扱われていると噂されるのも困るので、女三宮の部屋への通いの頻度は、しだいに紫の上へのそれと等しくなってゆく。それも当然と紫の上は思いつつも、やはり思ったとおりと心は穏やかでないが、何気なく振る舞い続けた。女三宮はようやく二十、二十一歳。源氏が女三宮のもとに繁く通うのはたんに外聞を憚るだけではないのは、老いの迫りつつある紫の上（この翌年の記事に三十七歳とある）にはよくわかっているのであろう。

翌年の春に六条院で女たちの音楽の宴《うたげ》が催された。それに備えて源氏は女三宮に付きっきりで琴《きん》のことを教授した。宴が無事に終わった翌日の夕方、女三宮の部屋を訪れた源氏は、もう琴の伝授は休みにしましょう、弟子は師匠を満足させなくてはねというと、琴を押しやって女三宮とおやすみになった、と物語は描く。この戯《ざ》れ言《ごと》は、源氏が若い女三宮に執着しつつあることを端的に物語るであろう。

紫の上は我が身の寄るべなさを思い、物思いというものは耐え難く心満たされぬものと誰もがいうが、我が身はその物思いが離れないままに死ぬのだろうか、やるせないことよ……と思いつつ寝た、その暁方から胸の痛みに苦しみ始めた。ついに心の苦しみが身体を蝕《むしば》むに至ったのである。そのとき、紫の上は重厄の三十七歳。その一月下旬であった。

柏木と女三宮の密通の舞台が調う

紫の上は一向に回復に向かわず、数知れぬほどの加持祈禱も効験がないまま二月も過ぎ、三月になった。試みに所を変えようということで、紫の上の故里ともいうべき二条院に移った。それでも紫の上はますます弱り、もう臨終かと見えることもしばしばで、そのたびに源氏はどうしようどうしようと惑乱して、六条院の女三宮のもとには仮そめにも行くことができない。六条院の男たちはみな二条院に集まって、ただ女たちだけが残っていた。

六条院には若い女（女三宮）を守護すべき男がいない。これは、第二章に述べた恋愛物語

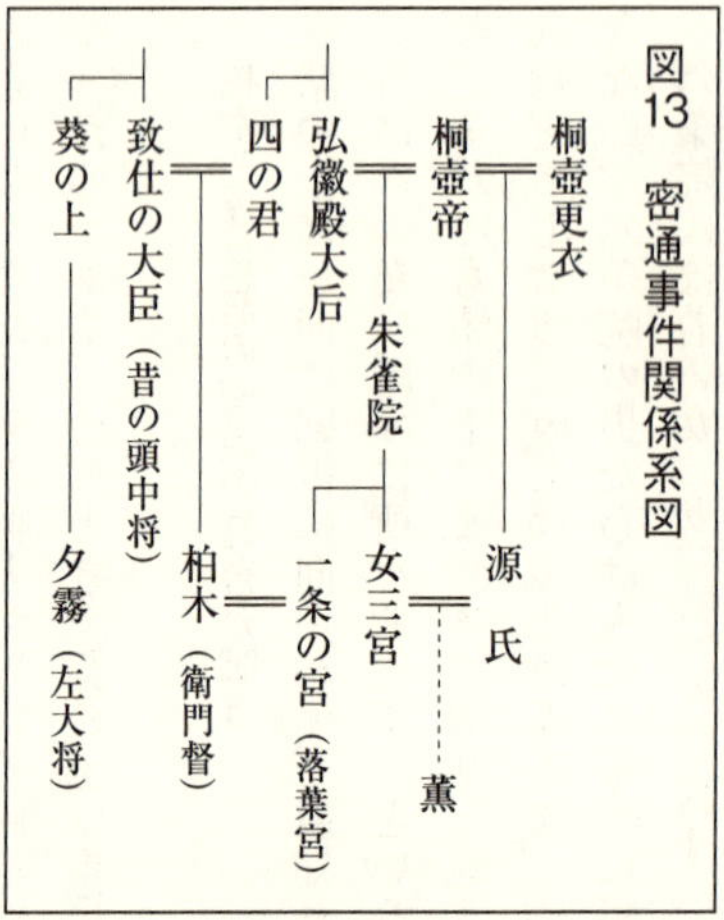

図13　密通事件関係系図

の典型的な舞台設定である。源氏が六条院にいれば、男の侵入する隙はない。源氏本人がいなくても、源氏の目が届いているかぎり、やはり男は女のもとに侵入することは難しいであろう。ところが、いま源氏は二条院の紫の上に付きっきりで、他の男たちも六条院の警護に注意をはらう者はいない。こうして男の侵入が可能になった。

これを裏からいえば、女三宮が密通事件を起こすためには、六条院から男たち（とくに源氏）を遠ざける必要があり、そのためには紫の上の発病による二条院への移居、危篤状態の継続による源氏の六条院不在という状況が必要だったということである。

こうして男が女のもとに侵入できる舞台を調えたうえで、物語は「そうそう、あの衛門督《えもんのかみ》は中納言になったのでした」と、かつて婿選びのときに候補者の一人として名のあがっていた衛門督（柏木）が、その後も女三宮に執着し続けている話の流れを導き入れる（図13参照）。柏木が女三宮の部屋に入り、一夜を過ごすのは、四月十日過ぎのことである。

柏木との密通が露顕する

五月になり二条院の紫の上の病状はやや小康を得、六月には時々は頭を持ち上げるほどになったが、源氏はやはり六条院を留守にしている。その間に、柏木、どうしようもなく思いあまる折々は、女三宮と夢のような逢瀬《おうせ》を重ねた。女三宮は柏木とのことを嘆くままに体調をそこない、柏木を「めざまし（無礼な）」としか思っていないのだが、気の毒な宿世《すくせ》というべきか、どうやら悪阻《つわり》も加わって、ひどく衰弱していく。

女三宮が病に苦しんでいると聞いて、朱雀院や帝の手前もあり、源氏はようやく女三宮を見舞う。女君は柏木とのことがあるので、まともに返事もできない。女房を召して様子を尋ねると、「普通の病ではないようです」と懐妊をほのめかす。源氏は「妙なことだ、何年も経って」とだけいい、確実なことではないかもしれないと、格別の対応もしなかった。

紫の上の発病は一月二十余日。回復せぬまま二月が過ぎ、二条院に移ったのは三月。柏木の侵入が四月十余日。今は六月。どう短く見積もっても、源氏が女三宮から離れて四ヶ月経っている。源氏は女房から病状の推移を聞いたであろうから、悪阻との話に不審を抱いているのである。生まれる子が源氏の子ではないとわかるように、きちんと何月何月と書いていくのは紫式部の筆癖でもある。藤壺懐妊のときも、出産が予定日（桐壺帝との子であれば、このあたりで生まれるはずの日）より延びに延びて二月《ふたつき》遅れて生まれた。桐壺帝の子ではないと客観的にわかるように描写していたのと同じ筆法である。

源氏は六条院に二日、三日と滞在する。柏木は居ても立ってもおれず、とんでもないことを書いた手紙を届けてくる。柏木を手引きした小《こ》侍従《じじゅう》なる女房が、源氏がちょっと座を外した隙に、女三宮に見せようとしてその手紙を拡《ひろ》げた。そこに源氏がもどってきたので、うまく隠すことができず、褥《しとね》の下に差し挟んだ。源氏、その日は二条院にもどるつもりだったのだが、女三宮の「月待ちて（せめて月の出を待って……）と古歌にもあると聞いていますのに」というさまの若やかさに、その夜はそのまま女三宮と過ごした。その翌朝、褥の縁《へり》に手紙の端が見えるのを何気なく見てみると、男の筆跡であった。こまごまと書かれたその筆跡は紛《まご》う方なく柏木のものである。人のいない所で細かに見返すと、なんと、密通の事実までがはっきりと書かれている。

女三宮の扱いに苦慮する

柏木の手紙で密通の事実を自ら確認した源氏は、「それにしても、この人をどうお扱いしたらよいだろうか」と考える。懐妊の徴候もこれで納得がいった。密通の事実を知りながらこれまでどおり夫婦として過ごすのかと思うと情けなくて、気ままな遊びの相手でさえ別の男がいるのは不愉快なのにと思うと、柏木に対しても腹が立つ。源氏は自分のことは反省しないたちなので、帝の御妻《め》と過ちを犯す類は昔もあったけれど、それはまた話が別で、はっきりと過ちが露顕しなければ、そのまま宮仕えを続けることもあるだろうがなどと考えているのだが、女三宮については、正妻としてまたとないほど重々しく待遇し、内々の愛情にひかれている人（紫の上）よりも大切で畏れ多いものと思って御世話しているこの自分を差し置いて、他の男と通じるとは、まったく聞いたこともない、と怒りがこみあげ、どうしても女三宮を許せない。女三宮が柏木程度の男に心を分けたのかと思うと不愉快だが、だからといって顔色に出すこともできない。

戸令《こりょう》の棄妻の条件の一つに「婬泆《いんいつ》」すなわち姦通があり、『令義解《りょうのぎげ》』には「奸《かん》し訖《をは》るを須《ま》ちて婬泆と為《な》すなり」とあって、実行行為のあったことを要件としている。女三宮の場合は現場は押さえられていないが、柏木の詳細な手紙があるので、「奸し訖る」の条件を満たしている。だから、源氏は法的には柏木との密通をもって女三宮を棄妻し得るのだが、もとより女三宮の密通を公にすることはできない。それをすれば源氏自身が世間の物笑いになる。密通を隠したまま棄妻するのは、朱雀院や冷泉帝に説明がつかないので、それは不可能である。源氏には黙って見過ごすより他に道はない。それゆえにまた源氏の怒りは内攻する。

その後、源氏は二条院に留まる日が続く。だが、女三宮を疎む気持にもかかわらず、一方では恋しい気持もあって、源氏は六条院にもどり、病気平癒の祈禱《きとう》なども指示する。日常のことは以前と変わらず、むしろ以前よりも大切に扱うようになった。しかし、心はひどく隔たって、女三宮と睦《むつ》まじく語らうことはない。他人の目だけを取り繕って、思い悩んでいる源氏の様子に、女三宮の心の中もまた苦しみを増していく。

朱雀院の不安

秋が過ぎ、冬になった。朱雀院は女三宮の懐妊のことを聞いて、源氏は幾月も六条院を離れていて女三宮のもとへの訪れもめったにないと聞いていたのに、どうしたことだろう、もしや不心得な女房たちの手引きで不祥事があったのではないかと胸騒ぎがして、心外なことがあっても我慢して、恨めしげな様子を見せないように、と諭した手紙を女三宮に送る。

その手紙を見た源氏は、女三宮に「あなたが幼いから院が心配するのだ、私が院の期待に背いていると思われるのはいやだから細かいこともいうのだが」と嫌みな前置きをして、「あなたは思慮が浅く、すぐ他人のいうことに靡《なび》く、そんな御心には、私の愛情はいいかげんで浅いと感じられ、またひどく年老いた私のありさまも、もう見飽きたと侮っているようなのが情けないけれども、院が生きている間は、その気持は抑えて、あまりひどく軽蔑しないでほしい、私はもう出家するのに何の心残りもないのだが、院からあなたを見捨てたと思われることだけが気がかりなのです、今さら意外な噂が漏れ出て、院の御心を乱してはなりません」云々と、はっきりと密通のこととはいわないが、それをほのめかし、刺々《とげとげ》しい皮肉を込めて細々《こまごま》と訓戒する。

女三宮は涙を流し、手も震えて、返事の筆を執ることができない。それを見て、源氏は、あの男への返事を書くときにはこんなに遠慮はしないだろうにと思うと、哀れさも失《う》せて白けた気持になるが、書くべき言葉を教えて返書を書かせた。「言葉など教へて」とは、余計なことは書かせなかったということでもある。女三宮は追い詰められつつある。

十二月になって、延期されていた源氏主催の朱雀院五十賀《ごじゅうのが》の試楽《しがく》（予行演習）があった。あの事件の後は病と称して引き籠もっていた柏木を、源氏は強いて呼び出す。酔ったふりをしつつ、「過ぐる齢《よはひ》にそへては、酔《ゑ》ひ泣きこそとどめ難きわざなりけれ。衛門督《ゑもんのかみ》、心とどめて微笑《ほほゑ》まるる、いと心恥づかしや。さりとも、いましばしならむ。逆さまに行かぬ年月よ。老いはえ逃れぬわざなり」といって、柏木に目をおくる。冗談のようではあるが、柏木はどきりとして、頭痛に襲われ、酒盃もかたちだけですまそうとするのを、源氏は見咎め、酒盃を持たせたまま何度も強いて飲ませる。困惑する柏木のさまは、傍目《はため》には優美と見える。だが、源氏の怒りに怯《おび》える柏木は、帰邸するとそのまま病の床に臥し、翌春、死去した。

女三宮は出家した

柏木が死ぬすこし前、女三宮は後に薫と称される男児を生んだ（柏木巻）。産後の衰弱の中で、女三宮はこのまま死んでしまいたいと思う。殿はあまり若君を御覧なさろうともしない、と不満を漏らす老女房の言葉を耳にして、これからはますます隔て心も強くなるだろうと思うと、女三宮は我が身が恨めしく、尼にでもなってしまおうという考えが心に生じた。それで、御産で命を落とすのは罪深いと聞いている、尼になれば生き留まることができるかもしれないので、と理由を作り構え、常よりも大人びた様子で源氏に出家を願う。

源氏は、それは縁起でもないことです、死ぬと決まっていることではないのですからと否定するが、心の中では、本当にそう決心していうのであれば、尼になして世話するのが思いやりなのかもしれない、夫婦として過ごしながら、何かにつけて夫から疎まれるのは気の毒だし、我がことながら、気持を切り替えることはできそうになく、情けない仕打ちがまじるにちがいない、それを事情を知らない者が見咎め、朱雀院が伝え聞けば、もっぱら自分の過失ということになるだろう、病気にかこつけて願いどおりに尼にしてさしあげようか、と身勝手にも考えるのだが、一方では、女三宮はまだ若いうえに、ひどく痩せて臥しているさまがおっとりとしてかわいいので、過ちも許してしまおうかと、未練の心は弱気をさそう。

さて、西山の朱雀院は、娘の病に心を痛めていたのだが、娘女三宮が、もう二度と父院にお会いできなくなるのでしょうかと泣いていると聞いて、密かに山から下りてきた。女三宮は泣きながら父院に「生きられそうもありませんので、このように下山なされましたついでに、尼にさせてください」と訴える。

実は、朱雀院は、女三宮を源氏に託して安心していたのに、源氏の愛情は浅く期待とは違った様子であることを聞いていたのだが、口に出して恨み言をいうべきでもないので、ずっと残念だと思い続けていた。それで、このようなついでに出家すれば、夫婦仲を恨んでということにならないから、出家も悪くない、と思っていたのである。それに、もし女三宮が出家しても、源氏は女三宮を見捨てることなく、一般的な後見は続けてくれるだろう、それが後見を依頼したせめてもの効果と考えることとし、桐壺院から相続した広い邸宅（三条の宮）を改修してそこに娘を住まわせようとも考えていた。それゆえ、朱雀院は源氏の反対を押し切って、その夜のうちに女三宮の髪を削《そ》ぎ受戒させた。

出家は夫婦の離別

出家は婚姻関係においてどのように扱われただろうか。女三宮の受戒は、その妻としての立場を考えるうえではきわめて重要なことなので、わかる範囲で説明しておこう。

いわゆる出家には幾つかの異なった様態があり、婚姻との関係もそれにしたがって差がある。出家して寺に入り僧籍に移されるような本格的出家の場合は、俗人としての本貫《ほんかん》（本籍）を離れる定めなので（『拾芥抄《しゅうがいしょう》』服忌《ぶっき》部）、おのずから離婚となるであろう。その場合はとくに問題はないが、はっきりしないのは在家で戒を受ける場合である。出産や病気平癒のために戒を受ける場合、その後もまったく日常生活に影響しない事例もある。しかしまた、夫婦の関係が絶えたことをうかがわせる事例もある。

例えば、藤原隆家《たかいえ》の娘は治安《ちあん》元年（一〇二一）に婚礼があり、敦儀《あつのり》親王が通うようになったが、万寿《まんじゅ》二年（一〇二五）に重病のため出家し、長元元年（一〇二八）八月に歿した。藤原実資《さねすけ》の日記『小右記《しょうゆうき》』八月二十七日条には、二十八日に葬送が行われる予定であることを記して、二十八日は式部卿宮《しきぶきょうのみや》（敦儀親王）の衰日《すいにち》（誕生年の干支との関連で、忌むべきとされた日）なのにそれを避けないのは奇怪なのだが、右中弁藤原経輔《つねすけ》の言によれば、隆家の娘の出家後は、「夫婦の義、已《すで》に絶え、今に至りては外人」の状態であり、他にすぐには適当な日がないので明日行う、ということである、と記されている。勝浦令子はこの隆家の娘の例に関して、夫が生存中の妻の出家は、夫婦の関係が絶縁しているとの認識があったことを示しているといっている（『女の信心』）。

ただ、隆家の娘の場合、『小右記』では「李部《りほう》親王室」（李部は式部のこと）と記しており、「夫婦の義」すなわち男女のことは絶えていても、社会的には敦儀親王室として扱われているようにも理解できる。「外人」は『類聚名義抄』(平安末期成立の漢和辞書) に「ウトキヒト」の訓がある。夫婦の関係が絶えていることは確かであろうが、適当な日があれば親王の衰日を避けたとも推測できるので、離別として扱ってよいかどうか、なお不明確なところが残る。

一般的な事例ではないが、花山天皇が退位出家して後、その女御であった婉子（為平親王の娘）が藤原実資の北の方となった例がある。女御が天皇の出家後に臣下に再嫁することが可能だったのは、出家後は女御の再嫁は自由と見なされていたことを意味する。臣下であれば、出家は婚姻の解消にあたるのではなかろうか。

では女三宮の場合はどうだろうか。柏木との子である男児誕生後も、源氏は女三宮の出家の願いを許さなかった。だが、女三宮の婚主（女の保護者）の立場にある父朱雀院は、女三宮の悲嘆を聞いて西山の寺から下りてくるとき、すでに娘を源氏から引き離す覚悟をしていた。病に苦しむこの機会に出家させれば、夫婦仲を恨んで出家したというような世間の物笑いにならずにすむ、それが娘のためだと、朱雀院は女三宮を出家させることを思い決めていたのである。婚主である朱雀院はそのように考え、源氏の承諾を得ぬままに父親が出家を断行せしめた。朱雀院にとって女三宮の出家はたんに世間をごまかす手段にすぎない。目的は娘を源氏と引き離すことである。婚姻関係において婚主の判断は重い。

女（妻）の出家そのものが、夫との婚姻関係の解消を意味することがあるのは、前述したとおりだが、女三宮の場合は、さらに婚主である父親の意志が加わる。夫である源氏自身も内心では、もう密通の件をなかったことにして愛するのは無理と考えている。物語に法的手続きは書かれていないが、この女三宮の出家により婚姻関係は解消されたと見なしてよいであろう。源氏の正妻の座はふたたび空席となったのである。

柏木巻で出家した女三宮は、源氏の世間的な思惑もあり、そのまま六条院に住んでいる。二年後の鈴虫《すずむし》巻では、朱雀院が三条の宮への移住を勧めているが、源氏は自分が生きている間は身近で世話したいといって応じていない。しかし、源氏もまた三条の宮を増築し、蔵に財物等を運び込んでいるので、女三宮を三条の宮に移す心づもりはしている。それからそう遠くない頃には移ったのかもしれないが、いつ移ったのか、はっきりしない。源氏の死後、匂兵部卿《におうひょうぶきょう》巻では「入道の宮は三条の宮におはします」とある。

女三宮の役割と性格設定

作者紫式部の構想という観点から見れば、物語における女三宮の役割は、正妻となって紫の上の立場を脅かすことにある。紫の上が源氏の唯一の連れあい・パートナーであると設定されているかぎりは、源氏と関係する女（とくに正妻）は必ず排除されなければならない。

葵の上は左大臣家と源氏を結びつけ、源家の嫡男を生むという役割を果たし、六条御息所の生霊に襲われて死ぬ。葵の上の死により源氏の正妻の座は空白となり、紫の上がただ一人の連れあい・パートナーとして源氏に寄り添うための舞台が調う。それと同じで、女三宮は密通による出家というかたちで正妻の座から排除され、ふたたび紫の上が唯一人の連れあい・パートナーの地位を回復した（図1参照、v頁）。最後は源氏と紫の上だけが残る。それが恋愛物語としての『源氏物語』正編の枠組みの基本である。作者紫式部は、そこから遡って人物と事件を配置していったと見える。その意味で、女三宮の結婚は初めから離別が予定されていたことになる。

物語では、女三宮、年齢的には必ずしも幼いとはいえないにもかかわらず、その性格の幼さが強調されている。なぜ女三宮を幼い性格に設定するかといえば、まず第一には、婿選びにおいて、父親とその周辺（乳母たち）が婿の適格者として老成した光源氏を選ぶようにもっていくためである。第二には、柏木侵入事件を起こしやすくするためである。

六条院で蹴鞠《けまり》が催された折に、端近《はしぢか》に出て不用意にも柏木に姿を見られてしまうという失態は、准太上天皇の正妻としてはあり得ない軽率な振る舞いである。柏木の侵入は男の執拗《しつよう》さ強引さの結果だからやむを得ないとしても、その後の対処の拙《つたな》さは源氏自身が玉鬘《たまかずら》と比較して嘆いているところである。とくに柏木の手紙が発見されるに至るくだりは、もし女三宮が艶《えん》に若やかに「月待ちてとも言ふなるものを」（もうすこしゆっくりお過ごしください、の意）などといわなければ起こり得なかったことである。柏木の手紙を隠しきれていないのにこういうことをいってしまう、後先考えない浅慮。これらはみな作者紫式部が女三宮に与えた、事件を起こしかつ露顕させるための性格設定である。

しかし、源氏は事件を表沙汰にするつもりはないのだから、ただ性格が幼いだけでは事件発覚後も流されるままに過ごし、出家を望むということにはならない。源氏が女三宮に出家を勧めるという筋立てを選択しない以上、女三宮自らが出家を言い出さなくてはならない。それで、作者紫式部は女三宮の性格変更を行う。

出産後、いよいよ冷淡になってゆく源氏の態度に、女三宮は出家を思うようになり、源氏に出家を願い出る。その物言いは「常の御気配よりはいと大人びて」いたと語り手はいう。この場面から以降の物語は、源氏の拒否する言葉とは裏腹な内心の同意、父朱雀院の下山と授戒に向かって一直線に進んでゆく。

出家後は女三宮の幼さが語られることはない。物語では、女三宮が出家を言い出したのは六条御息所の物怪《もののけ》のせいだということになっている。六条御息所の物怪を持ち出さなければならないほどの急激な性格変更ということでもあるが、作者にとって出家は「正妻不在」にもっていくという既定の構想の一環だから、それにあわせて性格を操作したのである。

若菜上巻以降を読めば、女三宮が出家したからといって、紫の上が幸せになったとは決していえないと、誰もが感じるであろう。紫の上自身も出家を思うようになっていた。しかしながら、紫の上と源氏の関係として、ただ一人の人というかたちをとらないかぎり、当時の読者は納得しなかったのであろうと思う。他に正妻がいては、どんなに愛されても幸せとはいえない。それが当時の一般的考えだった。それほどに正妻の座は平安時代の女性たちにとって重い存在だったことが、紫の上をめぐる正妻の座の扱いによってわかる。

3　紫の上の最期

紫の上は藤裏葉巻の立場を回復した

物語の時間をすこし巻きもどす。二条院で養生していた紫の上が六条院にもどったのは、若菜下巻の巻末近くである。延び延びになっていた源氏主催の朱雀院五十賀が十二月半ばと決まり、その試楽（予行演習）が行われるということで、紫の上も心を抑えきれないで六条院に移った。ちょうど皇子を生んだ女御の君（明石の姫君）も六条院に里下がりしていた。さらには試楽にあわせて右大臣北の方（玉鬘）も訪れてきた。

何気ない書き方であるが、六条院における紫の上の立場がよく示されている。このとき、女三宮はまだ出家していない。だから、紫の上が正妻女三宮のいる六条院にもどるには、ただ病が小康を得たというだけでは、その立場からは言い出しにくい。それで作者紫式部は、試楽の興趣に心を抑えきれないでとか、養子である明石の姫君の里下がりに玉鬘の訪問までを重ねて、妾の立場である紫の上の六条院復帰の環境を調えている。

物語の中でさえ、上達部が「あのような人が側にいたら周りの者は迷惑だ」というようなことをささやきあっていた。作者紫式部としても、病が小康を得たというだけの理由での六条院復帰は、当時の社会常識にはずれることを意識したのであろう。そこに女三宮降嫁以降の、六条院での紫の上の置かれた厳しい環境を見ることができよう。

その女三宮は、紫の上が六条院にもどってすぐの春、父朱雀院より戒を受けて出家した。出家は男女関係の断絶、別離を意味するので、紫の上はふたたび藤裏葉巻と同じ立場を回復したことになる。もともと紫の上は法的な妻ではなかったから、女三宮が出家したからといって妻になれるわけではない。だが、法的妻が不在の中で最も愛されている女の立場は回復された。

紫の上への服喪

大病から四年後の三月、紫の上は二条院で法華経千部供養を催した。今上帝《きんじょう》、東宮（明石中宮腹の皇子)、明石中宮、秋好《あきこのむ》中宮(六条御息所の娘、冷泉帝の中宮)をはじめ多くの人々が御誦経《みずきょう》・捧物《ほうもつ》等を用意し盛大に挙行されたが、紫の上、心中では、もう命の残りは少ないと思うようになる。疲れのせいか、また体調を損ね、そのまま二条院で苦しい夏をやっと越え、そして秋八月十四日の明け方、紫の上は露が消えるように亡くなり、その日のうちに荼毘《だび》に付された(御法《みのり》巻)。人々は悲しみにくれ、源氏は、葵の上のときには薄墨色の喪服だったが、このたびはすこし濃い喪服を着けた。

薄墨とのたまひしよりは、いますこしこまやかにて奉れり。

(訳)喪服は、薄墨衣浅けれど……とお詠みなされた左大臣殿の姫君のときよりもいますこし濃くしてお召しになった。

喪葬令《そうそうりょう》の規定では、妻への服喪期間は三ヶ月、喪服の色は薄鈍《うすにび》(薄墨色)。それで源氏は規定の薄鈍の色をやや濃くして哀悼の情の深いことを示した。この源氏の服喪の仕方が、紫の上のつまとしての立場との関連で古くから問題にされてきた。実は、右の喪葬令の規定は「妻」に関することで、「妾」に対しては「無服」と規定されている(第一章1節の「重婚禁止は守られていたか」の項参照、一一頁)。そうすると、紫の上は法的妻ではないのに、源氏は何を拠りどころとして喪服を、それも葵の上のときよりもすこし濃い喪服を着けたのか、が問題になる。

南北朝時代に成立した注釈書『河海抄《かかいしょう》』（著者は四辻善成《よつつじよしなり》）は、ある人の「妻の服（喪）は一生のうちに一度ではないのか、葵の上のときに着服しているのに、どうして再度着ることができるのか」との疑問に対して、「喪服の色の薄い濃いは愛情の厚薄によるのであろう。（中略）悲嘆が切実なのだから、再度喪服を着ても問題はない」云々と記している。

ある人の質問は、喪葬令の規定が「夫は二度は妻の喪につけない（すなわち、二度目の妻の喪にはつけない）」と理解されていたことによる（一三頁の中原基広の答申参照）。この法解釈に拠れば、仮に紫の上が「妻」であるとしても、源氏は喪服を着ることはできない。それで、ある人は紫の上への服喪を疑問としたのである。

四辻善成の答えは、法令的には喪葬令の規定に反していることを前提としているが、常識的にはそういうこともあるだろうなと思わせる答えである。

薄鈍の色をすこし濃くした実例は、藤原兼実《かねざね》の『玉葉《ぎょくよう》』文治《ぶんじ》四年（一一八八）五月五日条に見える。軽服《きょうぶく》（五ヶ月以下の喪）の場合、端午の節供を遠慮する必要はないのだが、兼実はこのような事は偏《ひとえ》に嘆きの浅深によるとして節供を止めている。さらに兼実は「常の軽服に非《あら》ず、其《そ》の色頗《いささ》か濃し」と鈍色をすこし濃くしており、また「悲嘆の腸《こころ》は百千の重喪に超」えるとも記している。これは平安最末期の事例だから、そのまま『源氏物語』に援用することはできないが、『河海抄』の注はこのような事例を念頭に置いているのであろう。

現在の研究者の中には、源氏が喪服を着ているのだから、紫の上は正妻（北の方）だったのだ、正妻になったのだと主張する人もいる。しかし、源氏が喪服を着たからといって、紫の上が妻（法的妻・正妻）であったとはいえない。そもそも、女三宮が降嫁したのは、本章に説明してきたように、紫の上が妻（法的妻）ではなかったからである。世間、源氏、そして紫の上本人の認識もその点ではみな一致している。妻が出家したからといって、妾が自動的に妻に格上げされるわけではない。そして、物語には妻にしたことをうかがわせる記述はない。紫の上は妾のままである。妻（法的妻）がいない中で最も大切にされ、世間も妻であるかのように遇した、そのような存在である。喪服を着ているから正妻（北の方）だというのは、論理的にも、物語の記述からも成立しない。

では、源氏の服喪はどう理解すべきか。

本来ならば遠慮すべき喪服を、あえて規定より濃くして着ていることが、源氏の紫の上に対する愛情の深さ、悲嘆のはなはだしさを表していると理解すればよいであろう。物語世界のこととして見ても、紫の上は、准太上天皇の源氏が、女三宮降嫁の一時期を除いて、ただ一人側に置いて大切に待遇してきた女性である。しかも明石中宮の養母である。臨終はその中宮に手を執られて迎えた。物語の中の人々はみな悲しみに打ちひしがれている。その紫の上の死にさいして、源氏が正妻に対する礼をもって悲しみを示したとて、誰がそれを非難するだろうか。むしろ、物語としては源氏が紫の上の喪に籠もらないという選択はあり得ないことである。そうしたからといって、物語世界の人々も、当時の読者も、服喪は紫の上が源氏の正妻（北の方）になった証拠であるなどと考える者はいないであろう。

第一部の藤裏葉巻では、輦車《てぐるま》を許され、女御に異ならぬありさまで宮中から退出したことが、妻にあらざる紫の上が至り着いた世間的幸福の目に見えるかたちであった。この御法巻では、規定を無視した源氏の喪服が、最期まで妻にあらざる「つま（連れあい）」として過ごした紫の上に対する、源氏の目に見える愛のかたちである。

誰にも知られず密かに三日夜の餅を食べて始まった、源氏と紫の上の男女の物語は、源氏の愛情を世間の目に見えるかたちで示して、ここに終わりのときを迎えた。生前、出家を願っていた紫の上の心は、すでに別のところにあったけれども。

おわりに――婚姻制度と平安朝の文学

平安時代の婚姻制度は法的に一夫一妻制であったこと、その婚姻制度の中で『源氏物語』は構想され、登場人物の婚姻関係・男女関係が設定されていること、それらのことを『源氏物語』の展開をたどりつつ説明してきたが、紫の上が妻（正妻）ではないことは、その婚姻制度の中に生きている平安時代の読者にとって、何の説明も不要なほどに自明のことであったにちがいない。今その地点に我々も到達したわけである。

本書では源氏と紫の上を中心に記述したので、第三部（光源氏・紫の上の死後、薫と匂宮《におうみや》が主人公となる巻々）の男女はまったく取りあげていないし、第一部・第二部の髭黒《ひげくろ》大将や夕霧をめぐる婚姻状況にも興味深い現象が見られるのだが、詳細な説明は加えていない。そのことに筆者としても心残りはあるが、平安時代の婚姻制度が第一章に述べたような意味で一夫一妻制であったこと、そのことさえ理解しておけば、あとは応用問題である。物語の中の女がどのような立場の者（正妻、妾、愛人、召人《めしうど》、他人の妻・恋人、行きずり、等々）であると設定されているかに留意して読めば、そこに描かれる男女関係のさまざまも人々の喜怒哀楽も、何の説明がなくとも、現在の我々にもすらすらと理解できるであろう。ぜひ読者御自身で試みていただきたい。きっと男女関係にまつわる『源氏物語』の描写のあれこれが、すっと腑《ふ》に落ちることであろう。

一夫一妻制の婚姻制度を前提に読むべきこと、それは『源氏物語』にかぎらない。

平安時代の結婚は和歌の遣り取りで始まり、折々ごとに風雅な和歌を詠み交わし、結婚後は、男の薄情をあるいは恨み、あるいは嘆き……と想像しているとしたら、それは誤りである。誤りではないが、少なくとも妻（正妻）にはあてはまらない。勅撰《ちょくせん》和歌集でも私家集（個人の歌集）でも、そこに収められている恋の贈答歌（男女で遣り取りした和歌）は、まずは正式な夫婦関係ではない男女の遣り取りだと見なしてよい。

貴族にあっては、正妻とは元服時かそれに近く親が決めた結婚をするのが普通だから、結婚儀式のセレモニーとしての艶書（恋の和歌）の贈答はあるが、日常的に恋の和歌を贈答することはない。『源氏物語』においても、源氏の正妻葵の上は和歌を詠まない。源氏が幼いときに結婚したということもあり、また葵の上は気難しい性格として設定されているということもあるが、そもそも正妻は夫に向かって恋しいとか恨めしいとかいう和歌は詠まないものである。

道綱の母の『蜻蛉《かげろう》日記』を見ると、日常的に男（藤原兼家）と和歌を遣り取りしては恨み嘆いているが、それは彼女が妻ではなく、男と同居していない妾の立場だからである。兼家の正妻である時姫の和歌は現存していない。おそらく兼家とは和歌の遣り取りもほとんどなかったのではなかろうか。『蜻蛉日記』は、和歌という素材についても、それを社会に公表するということについても、道綱の母が妻ではなかったからこそ書けた作品、いわば妾である道綱の母の存在主張の作品である。

恋愛物語・日記文学の描く男女関係が必然的に非法的男女関係（嫡妻以外の男女関係）に偏ったものにならざるを得ず、それゆえに、婚姻制度あるいは婚姻実態の復元に文学作品を資料として使用するさいには、個々の作品の資料価値について慎重な見極めが必要である、というゆえんも納得していただけたであろうか。

この後は、ぜひ直截《ちょくせつ》に『源氏物語』や『蜻蛉日記』等を楽しんでいただければ、と思う。そして婚姻制度・婚姻史に興味をもたれた読者は、御自身の目で婚姻関係の原資料を読んでみてほしい。従来の一夫多妻制説からは見えなかったさまざまなことが、きっと新たに発見されるにちがいない。

最後に、結婚制度のことを一般向けに書く気はないかい、とお声をかけてくださり、本書執筆のきっかけを作ってくださった中野三敏先生に、そして宇和川準一氏をはじめとする中公新書編集部の方々の行き届いた御配慮に心から感謝申しあげます。

平成二十四年三月五日

工藤重矩

参考文献

本書の基礎となっている筆者の著書・論文は左記のとおりである。
1『平安朝の結婚制度と文学』風間書房、一九九四年
2『源氏物語の婚姻と和歌解釈』風間書房、二〇〇九年
3「源氏物語の男と女」、瀧浪貞子編『源氏物語を読む』所収、吉川弘文館、二〇〇八年
1は、婚姻制度の考察、一夫一妻制の観点から見た『源氏物語』『蜻蛉日記』『宇津保物語』『狭衣物語』『夜の寝覚』の男女関係、及び平安文学との関係を中心に婚姻制度研究史を取り扱っている。本書の婚姻制度の記述は1を踏まえて書かれている。2には婚姻関係論文として「源氏物語の幸ひ・幸ひ人をめぐって」「紫の上に対する呼称」「髭黒大将の離婚と再婚」「平安朝貴族の結婚と源氏物語」「平安時代の倫理と源氏物語」「師輔集の中の婚姻」「婚姻制度と文学」が収録されている。婚姻制度に興味のある方はぜひお読みいただきたい。

本書に直接関係する参考著書・論文

婚姻制度関係

瀧川政次郎『日本法制史』講談社学術文庫、一九八五年（初刊は一九二八年）

高群逸枝『日本婚姻史』至文堂、一九六三年
高群逸枝『招婿婚の研究』、『高群逸枝全集』第二・三巻所収、理論社、一九六六年（初刊は一九五三年）
石井良助『日本婚姻法史』創文社、一九七七年
関口裕子「律令国家における嫡妻・妾制について」、『史学雑誌』八一巻一号、一九七二年
関口裕子『日本古代婚姻史の研究』塙書房、一九九三年
服藤早苗『平安朝の母と子』中公新書、一九九一年
服藤早苗『「源氏物語」の時代を生きた女性たち』NHKライブラリー、二〇〇〇年
増田繁夫『平安貴族の結婚・愛情・性愛　多妻制社会の男と女』青簡社、二〇〇九年
梅村恵子「摂関家の正妻」『日本古代の政治と文化』吉川弘文館、一九八七年
梅村恵子『家族の古代史　恋愛・結婚・子育て』吉川弘文館、二〇〇七年
栗原　弘「高群逸枝の家族婚姻学説について――意志的誤謬問題を中心として」『古代文化』四〇巻七号、一九八八年（『高群逸枝の婚姻女性史像の研究』高科書店、一九九四年に収録）

その他

吉田早苗「藤原実資の家族」『日本歴史』三三〇号（一九七五年一一月号）
高田信敬『源氏物語考証稿』武蔵野書院、二〇一〇年
浅尾広良『源氏物語の准拠と系譜』翰林書房、二〇〇四年
勝浦令子『女の信心　妻が出家した時代』平凡社、一九九五年

栗原　弘『平安時代の離婚の研究』弘文堂、一九九九年

律令関係

『令義解』『令集解』『延喜式』の本文は『新訂増補国史大系』(吉川弘文館)を用い、私案によって読み下した。律令関係注釈書等は『律令』(日本思想大系3、岩波書店)を参考にした。

『源氏物語』関係

本文は『新編日本古典文学全集』20～25(小学館)によるが、文意を取りやすいように漢字の当て方を変えたところがある。系図等も同書を参考にした。引用本文の現代語訳にさいしては、玉上琢彌『源氏物語評釈』(角川書店)、『新潮日本古典集成　源氏物語』(新潮社)も参考にした。

工藤重矩（くどう・しげのり）

1946（昭和21）年生まれ．九州大学大学院文学研究科博士課程単位取得退学．福岡教育大学教授を経て，現在，福岡教育大学名誉教授．博士（文学，九州大学）．

著書『新日本古典文学大系　金葉和歌集　詞花和歌集』
（共著：詞花和歌集担当，岩波書店，1989）
『後撰和歌集』（和泉書院，1992）
『平安朝律令社会の文学』（ぺりかん社，1993）
『平安朝の結婚制度と文学』（風間書房，1994）
『平安朝和歌漢詩文新考　継承と批判』（風間書房，2000）
『源氏物語の婚姻と和歌解釈』（風間書房，2009）
『平安朝文学と儒教の文学観』（笠間書院，2014）

源氏物語《げんじものがたり》の結婚《けっこん》
中公新書 *2156*

2012年3月25日初版
2020年3月30日再版

著　者　工藤重矩
発行者　松田陽三

本文印刷　三晃印刷
カバー印刷　大熊整美堂
製　　本　小泉製本

発行所　中央公論新社
〒100-8152
東京都千代田区大手町 1-7-1
電話　販売 03-5299-1730
　　　編集 03-5299-1830
URL http://www.chuko.co.jp/

Published by CHUOKORON-SHINSHA, INC.
Printed in Japan　ISBN978-4-12-102156-4 C1295

中公新書刊行のことば

いまからちょうど五世紀まえ、グーテンベルクが近代印刷術を発明したとき、書物の大量生産は潜在的可能性を獲得し、いまからちょうど一世紀まえ、世界のおもな文明国で義務教育制度が採用されたとき、書物の大量需要の潜在性が形成された。この二つの潜在性がはげしく現実化したのが現代である。

いまや、書物によって視野を拡大し、変りゆく世界に豊かに対応しようとする強い要求を私たちは抑えることができない。この要求にこたえる義務を、今日の書物は背負っている。だが、その義務は、たんに専門的知識の通俗化をはかることによって果たされるものでもなく、通俗的好奇心にうったえて、いたずらに発行部数の巨大さを誇ることによって果たされるものでもない。現代を真摯に生きようとする読者に、真に知るに価いする知識だけを選びだして提供すること、これが中公新書の最大の目標である。

私たちは、知識として錯覚しているものによってしばしば動かされ、裏切られる。私たちは、作為によってあたえられた知識のうえに生きることがあまりに多く、ゆるぎない事実を通して思索することがあまりにすくない。中公新書が、その一貫した特色として自らに課すものは、この事実のみの持つ無条件の説得力を発揮させることである。現代にあらたな意味を投げかけるべく待機している過去の歴史的事実もまた、中公新書によって数多く発掘されるであろう。

中公新書は、現代を自らの眼で見つめようとする、逞しい知的な読者の活力となることを欲している。

一九六二年一一月

中公新書

言語・文学・エッセイ

言語・文学・エッセイ